James C. Oehschläger, Franz Ahn

Ahn's Introductory Practical Course to Acquire the French Language

by a short and easy method

James C. Oehschläger, Franz Ahn

Ahn's Introductory Practical Course to Acquire the French Language
by a short and easy method

ISBN/EAN: 9783337387570

Printed in Europe, USA, Canada, Australia, Japan

Cover: Foto ©Andreas Hilbeck / pixelio.de

More available books at **www.hansebooks.com**

AHN'S

𝔍ntroductory 𝔓ractical 𝔠ourse

TO ACQUIRE THE

FRENCH LANGUAGE,

𝔅y a 𝔖hort and 𝔈asy 𝔐ethod,

TRANSLATED AND ARRANGED,

· AND SUPPLIED WITH A PRONUNCIATION OF ENGLISH SOUNDS,

BY

J. C. ŒHLSCHLÆGER,

Professor of Modern Languages in Philadelphia, and Author of an English pronouncing Dictionary for Germans; a German pronouncing Dictionary for Americans, &c. &c.

FIFTH EDITION.

NEW YORK:
D. APPLETON AND COMPANY,
443 & 445 BROADWAY.
M.DCCC.LXII.

PREFACE.

THE great reputation which AHN'S text books for the teaching of languages enjoy in Germany, the rapid sale of his German Grammar, published here about a year ago, and the frequent call for AHN'S French Exercises, have induced me to prepare this little work for an American and English public.

Encouraged by the kind reception of my former works on pronunciation, in which I attempt to explain the sounds of the language to be learned, by visible signs, corresponding with those of the language of the learner, I have applied a similar system to the exercises in this book. I am aware that the French language, in this respect, presents far greater difficulties than the German language, nor do I pretend that a perfect pronunciation may be obtained in this way; in fact, I never intended that my system of describing or representing sounds should make the teacher superfluous; my object has been to assist those in their study who cannot procure a teacher, and to prevent them from acquiring a false pronunciation, which, if persevered in for any length of time, becomes incorrigible, as also to aid those who have a teacher, to study with more facility and more confidence when alone.

It would have been easy to have employed a greater number of vowel-signs, or to have made more minute divisions of the sounds, but every additional sign increases the difficulty of the student very materially, and too man ynew signs would undoubtedly create confusion. I have, therefore, confined myself to the smallest number of vowel sounds, generally admitted by French grammarians.

To French scholars it may appear that I have often violated the rules of French prosody, but they will please to consider, that the preconceievd ideas of sounds and syllables, of accent and quantity, with the English, differ so completely from those of the French, that a strict application of those rules must have perplexed and embarrassed the student inevitably.

The only proper method of testing this system of pronunciation, is to ask a person, who has a correct knowledge of the sounds of the English language, but who knows no French whatever, to peruse carefully the directions on Page x, and then to pronounce the French words according to the pronunciation given. In most cases it will be found that he pronounces all the words intelligibly, and many quite correctly.

In the English exercises, intended to be translated into French, the English idiom has often been sacrificed to the French; where this might lead to misapprehension, the correct English idiom, or words to be supplied, are placed in a parenthesis. Words, unnecessary in English, but requisite in French, have been printed in italics.

J. C. OEHLSCHLÆGER.

PRONUNCIATION OF THE VOWELS.

A, has only one sound in French, but it is sometimes shorter and sometimes longer, sometimes opener and sometimes closer. When long, it is the *a* in *father*, *far*; when short, it must not degenerate into *a* in *an*, but be pronounced like the English pronounce the *a* in *castle*. The difference between the long and short *a*, being nearly the same as between *car* and *cart*. This sound has been indicated by â and where it was necessary to distinguish the open and long sound by â'.

E, there are four different e's.

e, without an accent, is called the guttural *e*, its sound resembles the e in *her*, *conquer* and the u in *tub*, still more the a in *probable*, frequently this *e* is mute, particularly at the end of words, the same as the *e* in the English words, *fate*, *prime*, *pine*, &c., but in that case, the consonant before the *e* is pronounced very forcibly, and when followed by a word beginning with a consonant there is a slight breathing between the words, which, at times, might be taken for a syllable; in poetry this breathing is more perceptible and counts as a syllable; this sound is indicated by ă.

é, with the acute accent (accent aigu) called *e* closed (e fermé) because, when pronouncing it, the mouth is closed, has the sound of ey in the verbs *obey* and *survey*. This sound is also represented by *er*, *ez*, *ai*, &c. We shall indicate it by ey.

è, with the open or grave accent (accent grave), called *e* open (e ouvert), because, when we pronounce it, the mouth is open, has the sound which we utter in pronouncing the consonants, *f*, *l*, *m*, *n*, *s*; like ai in *air*, but not long, this sound is also represented by *ai*, *aie*, *ay*, *ei*, *ey*, &c.; we indicate it, when at the end of a syllable, by ai, otherwise by et, em, en, &c.

, with the circumflex accent (accent circonflexe), called *e* open and long, because the mouth is open and the sound protracted, when we pronounce it, has the same sound as the è, only that it is drawn more, as *ay* in *mayor* or *a* in *haze*. It has been indicated here by ay. This sound the French also represent by *ai*, *ais*, *aient*, *aî*, &c.

I, sounds like *e* in *me*, it is sometimes shorter and sometimes longer, but never as short as in the English words, *mill*, *pin*, as some French Grammars have stated; if this were the case, Frenchmen would have no difficulty in pronouncing such words as, *ship*, *fit*, *pit*, &c. î is always long, but i without the circumflex accent is sometimes longer and sometimes shorter. This sound is indicated by e and ee.

O, when long has the same sound as o in *no* or *oa* in *coat*, when short it does not so much resemble the *a* sound in the English word *what*, as the English short o, in

(v)

not, but is nearer the o in *nor*. The French also represent the long sound of this letter by *au* and *eau*.

U, the sound of this letter has no parallel in English, but a correct pronunciation can be obtained by attending to the following directions. Place the organs as if you would pronounce *oo* in *ooze*, firmly retain this position, and try to pronounce *ee* in *eel* and you will unconsciously utter the correct sound. The long and the short sound of this letter are both formed alike, the former only being of longer continuance. We indicate this sound by ü. The French represent this sound also by the letters *eu*.

Ou, these letters do not represent a diphthong, but a simple sound, corresponding with the English *oo* in *foot* or the *oe* in *shoe*, which words are pronounced exactly like the French, *foule* and *chou*. It is sometimes rather shorter than at other times, but never as short as in *oo* in *foot* or *u* in *full*. It is here indicated by oo.

Eu, this sound is longer and deeper, than the guttural sound of the unaccented e. To produce it, place the organs as if you wished to pronounce *oo*, and without changing their position, sound a clear *a* as in *ale*. This sound is also represented by *oeu*, it is here indicated by ö. It is sometimes longer and sometimes shorter.

Y, when forming a syllable, at the beginning of a word, and in Greek words, has the sound of French *i* or English *ee*; in words between two vowels it stands for two French i's, one of which is joined to the first and the other to the second syllable, thus the word *essayer* is pronounced ey-say-a ey′ or ey-say-yey; *voyager* voo‿â-e‿â-zhey′ or voo‿â-yâ-shey′, the y here sounding like y in yes.

OF THE NASAL SOUNDS.

The nasal sounds in French are produced by keeping the mouth open as far as is necessary to sound *a* in *father* or in *Arthur*, *u* in *urn*, *a* in *an* and *o* in *on*, at the same time trying to sound an *n* after these vowels without shutting the mouth. Or let the pupil pronounce the first syllables of the words, *angle, anger, anchor, longer, unguent*, stopping suddenly when the mouth is wide open.

There are four nasal sounds, the first is *an* in *dans*, also represented by *am, ean, em* and *en*, this sound lies between the *a* in *sang* and the *o* in *song*, it is indicated by ân⁵. The second *in* in *brin*, also represented by *im, ain, aim, ein*, is indicated by an⁵ and sounds like the first syllables of angle, anger, anchor. The third *on* in *bon*, also represented by *eon* and *om*, is found in the first part of longer, and is indicated by on⁵. The fourth *un* in *brun*, also represented by *um* and *eun*, has nearly the sound of the first syllable in unguent, uncle; the position of the organs should be that indicated under eu; it is indicated by ön⁵.

THE DIPHTHONGAL SOUNDS.

The actual diphthongs in French are numerous, and grammarians do not exactly agree as to their number, the following list embraces them all.

ai	indicated	by	â‿ee′		oi, eoi	indicated	by	oo‿â′
ia	"	"	e‿û′		oin, ouin	"	"	oo‿an⁵′
io	"	"	e‿o′		ouan, ouen	"	"	oo‿ân⁵′
iau	"	"	e‿o′		ouâ	"	"	oo‿â′
ieu	"	"	e‿ŏ′		oue	"	"	oo‿ai
iou	"	"	e‿oo′		oui	"	"	oo‿ee′
ian	"	"	e‿ân⁵		ua	"	"	ü‿â′
ion	"	"	e‿on⁵		ué	"	"	ü‿ey′
ien	"	"	e‿an⁵		ui	"	"	ü‿ee′
oë	"	"	o‿ay′		uin	"	"	ü‿an⁵′

Some of these diphthongs are considered in poetry as two syllables, also in prose after the letters, bl, cl, fl, pl, br, cr, dr, fr, pr, &c. .

None of these, with the exception of *oi*, present any difficulty, after the pupil has mastered the simple vowels, as they are nothing more than two vowels, pronounced in rapid succession, generally passing lightly over the first and raising the voice or insisting upon the second. *Oi* is sometimes pronounced as if written in French ou‿è (oo‿ai′), sometimes as if ou‿â′ (oo‿ay), and again as if written ou‿a′ (oo‿â′), this latter sound again admitting of several varieties, the *a* being shorter or longer, and even the *ou* being affected in the same manner. This sound has invariably been indicated by oo‿â, as too great a nicety might have led to confusion.

PRONUNCIATION OF THE CONSONANTS.

B, sounds the same as in English.

C, before *a*, *o* and *u* or a consonant like *k*. Before *e*, *i* and *y* like sharp *s* in *so*. In *second* and its derivatives c sounds like g hard pronounce: sä-gon⁵′. When c is required to take the sound of *s* before *a*, *o* and *u*, we place a comma under the *c*, called a cedille, *façade*, pronounce fû-sâd′. After the nasal sounds ce is pronounced less sharp than at other times, in that case we have indicated it by s, at other times by ss.

D, like d in English; when at the end of a word, which is followed by a word beginning with a vowel it takes the sound of *t* and is pronounced as forming part of the first syllable of the following word, for inst. *quand il viendra*, kân⁵-teel-ve‿an⁵-drâ′.

F, like in English, in *neuf* when connected with the following word it has the sound of v, *neuf ans*, nö-vân⁵′.

G, before *a*, *o* and *u* and a consonant like *g* in *go*, *gale*, *gray;* before *e*, *i* and *y* like *s* in the word *pleasure*, in English we have no character to represent this sound, it has here been indicated by zh, the soft sound of sh.

H, this letter, as in English, is sometimes mute and sometimes aspirated, so says the Dictionary of the Academy, but many Frenchmen of education never pronounce the *h*, only distinguishing the *h* mute from the *h* aspirated by the elision of the *e* in *le* and *a* in *la*, and by contracting the preceding consonant with the following vowel. They pronounce *le héros* lâ-ey-ro′; *la haine* lâ-ain′, *les héros* lay-eyro′, because the *h* is called aspirated, while in words, where the *h* is mute, as in *la héroine*, the *a* is omitted and an apostrophe is inserted, *l'héroine*, ley-ro-een', and in *les héroines*, the *s* is pronounced like a z, lay-zey-ro-een'. In the following pages the pronunciation of the *h* has been marked where it is considered aspirated. Lǎ-hey-ro', lay-hey-ro', lâ-hain'.

J, like s in pleasure, the sound is the same as that of the soft *g*, and is marked zh.

K, is not a French letter, it occurs only in proper names, and in a few Greek words; its sound is the same as in English.

L, when not liquid, the same as in English.

L, when liquid, has the sound of *l*, followed by *y* consonant, *billet* sounds like beel-yai', this sound in the middle of words has been indicated by l-y and at the end by l'. Many speakers however pronounce the l so slightly that bee-yai' comes much nearer their pronunciation. In Surenne's Dictionary this sound is indicated without the l, but in the introduction learners are warned against this pronunciation. This sound is also represented by ll.

M and **N**, when not nasal, as in English; when two *m's* or *n's* are followed by e mute, the voice rests upon these syllables much longer than at other times; this has generally been indicated by an apostrophe after the *n*, thus *mienne*, me‿enn'. A similar dwelling of the voice occurs in the English words penned, hemmed.

P, the same as in English.

Q, at the end of syllable, sounds like k, at the beginning, it is always accompanied by u and together with it represents the sound of k as in *qui*, kee, or the u forms a diphthong with the following vowel, as in *quadricolor*, which sounds koo‿â-dre-ko-lorr'.

R, this letter is stronger than in English, at the end of syllables it is indicated by rr.

S, at the beginning like *s* in *so*, *set*, also in the middle of a word before or after a consonant, it is generally sharp, but between two vowels, or when it is incorporated with the following word, commencing with a vowel, it sounds like z. *liser* pronounce lee-zey', *vous avez*, voo-zâ-vey'. After the nasal sounds and followed by e mute, the sound of the s seems to be between s and z, it is indicated by s.

T, sounds as in English in *tea*. In words where in English the letters ti have the sound of *sh*, the French *t* takes the sound of *c* or sharp *s*, as in *action*, âck-se‿on^v', *patience*, pâ-se‿an's', &c.

V, as in English.

W, is not a French letter, it sounds in some foreign words like v, in some like oo according to their origin.

X, has the sounds of k, ks, gs, and s, when incorporated with the following word, beginning with a vowel, it sounds like z, *dix aunes*, dee-zo'n', also in the middle of some words, as *dizième*, de-ze‿aim'.

Z, the same as in English.

The above table of consonants should be accompanied by many exceptions, and by a number of rules to show when these consonants are mute, if it were the object of this little volume to teach pronunciation by theory, but it is not, and the pupil is referred for the pronunciation of each word, which occurs in this work, to the annexed phonographic pronunciation.

COMPOUND CONSONANTS.

Ch, sound like *sh* in English, in many foreign words these letters have the sound of **k**.

Gn, sound like n-y (consonant), thus *il regna* is pronounced eel-ren-yä′, *il craignait*, eel-kren-yai′. At the end of a syllable it is indicated by n′.

Th, sound like *t*.

Ph, sound like *f*.

Rh, sound like *r*.

Sc, when followed by *e* or *i*, sound like *s*, when followed by *a*, *o*, *u*, *l* or *r* like *sk*.

Sch, like *sh*.

ON ACCENT.

By accent we should here understand the emphasis or stress, placed upon a particular syllable of a word of more than one syllable. Thus, in the English words, *table, centre, theatre,* the accent is on the first, in the words, *reward, impossible, attraction,* it is on the second syllable. In English the rules, regulating the accent are very complicated, in French they are very simple.

Raise the voice on the last syllable of every word, when this syllable does not terminate in *re* or *le* preceded by a consonant; when so terminated, as in *table, centre, théatre, cercle,* place the accent on the penultimate, that is on the last syllable but one.

The *e* mute after a consonant, though by French grammarians generally looked upon as forming a syllable with the preceding consonant, has been considered here as actually mute, and such words as *femme, rende, cette,* have been regarded as words of one syllable, and *souhaite, désire, excuse,* as words of two syllables, the last of which is *haite, sire* and *cuse.*

The French accent is far less emphatic than the English, nor is it permanent, so that many deny the existence of it altogether, and when compared with the accent in the English and German languages, they may not be altogether wrong. The accent in French conversation is generally perceptible only in the last word before the pause, all the other syllables being pronounced with the same degree of force

The accentuated syllable has been indicated by ′ and sometimes by ′ when it was necessary to show that the last vowel was long, or that the consonant required to be dwelt upon, and that the syllable itself had the accent.

DIRECTION FOR THE USE OF THE ANNEXED PRONUNCIATION.

Pronounce every syllable as if it were English.

The apostrophe ' is placed after a vowel to indicate that it is longer than usual, thus in bâ'-ton᷍' the â is longer and opener than in bâ-to'; it is also placed after a consonant to show that the voice is to dwell upon this consonant, e. g. femme, fàmm', as in the English words hemmed, penned, filled. When no accent is on any other syllable, the apostrophe at the same time indicates the accent, as in kon᷎-te-nü͜ell', where the last syllable has the accent, whilst the double l must be dwell upon as in rebelled. When the apostrophe stands between two consonants, it indicates the elision of the mute e, as in p'teet for *petite*.

â is like *a* in *father, car*, when short like *a* in *cart*.

ă represents the sound of *a* in *probable* or *e* in *brother*, almost like *u* in *tub*.

ey like *ey* in *obey*.

ai like *ai* in *hair*, more open than the above.

ay as *ay* in *mayor*, longer than the foregoing.

ü and ö have no equivalent in English, see the pronunciation under *u* and *eu*.

The small g added to the n (n᷎) must not be fully pronounced, but should only be intimated as explained under the head of nasal sounds.

Y at the beginning of a syllable, is always a consonant and must be pronounced like *y* in *yes, you, yacht, yawl*. The small y after l and n (lʸ nʸ) are also consonants, but must only be partially pronounced, as if a person wanted to say *feel ye*, and after beginning the second word, was suddenly stopped and could not sound the last e. The l must not be pronounced forcibly.

The ͜ is placed between two vowels which form a diphthong or which must be pronounced with great rapidity.

The ′ is placed on that syllable upon which the greatest stress is to be laid.

FIRST PART.

1.

Père, pairr, father; mère, mairr, mother; le, lŭ, *m.* la, lâ, *f.* the.

Le père, la mère.

2.

Frère, frairr, brother; soeur, sörr, sister; et, ey, and.

Le frère et la soeur.

3.

Bon, bon⁵, *m.* bonne, bonn', *f.* good; est, ay, is.

Le bon père, la bonne mère. Le père est bon, la mère est bonne. Le bon frère, la bonne soeur. Le frère est bon, la soeur est bonne.

4.

Mon, mon⁵, *m.* ma, mâ, *f.* my.

Mon père, ma mère. Mon bon père, ma bonne mère. Mon père est bon, ma mère est bonne. Mon frère et ma soeur. Mon bon frère et ma bonne soeur. Mon frère est bon, ma soeur est bonne.

5.

Un, ön⁵, *m.* une, ü'n, *f.* a, one.

Un père, une mère, un frère, une soeur. Un bon père, une bonne mère, un bon frère, une bonne soeur. Un père est bon, une mère est bonne. Mon père est un bon père, ma mère est une bonne mère. Mon frère est un bon frère, ma soeur est une bonne soeur.

6.

Ton, ton⁵, ta, tâ, thy; a, â, has; aussi, o'-see', also.

Ton père est bon, ta mère est bonne. Ton père a une bonne soeur, ta mère a un bon frère. Mon frère est ton père. Mon père est aussi ton père, et ma mère est aussi ta mère.

7.

Le livre, lŭ lee'-vr, the book; la plume, lâ plü'm, the pen; grand, grân⁵, grande, grân⁵d', big, large, great; petit, p'tee, petite, p'teet, small, little.

Le livre est bon; la plume est bonne. Mon livre est petit, et ma plume est grande. Ton père a un bon livre, ta soeur a une bonne plume. Mon frère est grand, et ma soeur est petite. Ton petit frère et ta petite soeur. Ta soeur a ma plume, et ton frère a mon livre. Ton petit livre est un bon livre.

8.

J'ai, zhey, I have; tu as, tü-â', thou hast.

J'ai un livre et une plume. Tu as un bon livre et une bonne plume. J'ai un bon frère; tu as une bonne soeur. J'ai un grand livre; mon frère a aussi un grand livre. Ma soeur a une petite plume. As-tu une soeur? J'ai une soeur et un frère. As-tu ma plume? J'ai ton livre et ta plume

9.

Nous avons, noo-zâ-von⁵', we have; le jardin, lă-zharr-dan⁵', the garden.

Nous avons un bon père et une bonne mère. Nous avons aussi un bon frère et une bonne soeur. Le jardin est grand. J'ai un petit jardin. As-tu aussi un jardin? Nous avons un grand jardin. Mon petit frère a aussi un jardin. Ma petite soeur a un bon livre. Nous avons un grand livre et une petite plume.

10.

Vous avez, voo-zâ-vey', you have; acheté, âsh-tey', bought; vu, vü, seen.

Vous avez un bon père et une bonne mère. Avez-vous aussi un bon frère? J'ai un livre. J'ai acheté un livre. Nous avons vu un grand jardin. Avez-vous vu le grand jardin? Mon frère a vu aussi un grand jardin. J'ai acheté une plume. As-tu acheté une bonne plume? As-tu vu mon livre? J'ai vu ton livre et ta plume. Avez-vous vu ma petite soeur? Mon père a acheté un jardin. Ta soeur a acheté un petit livre. Avez-vous vu mon frère? Nous avons vu ta soeur et ton frère.

11.

Notre oncle, notr-onk'-kl, our uncle; votre tante, votr * tân⁵t, your aunt.

Notre père est un bon père, et notre mère est une bonne mère. Mon père est ton oncle, et ma mère est ta tante. Ton frère a vu notre mère. J'ai vu votre soeur. Avez-vous vu notre petit frère? Votre livre est bon. Votre frère a une bonne plume. Notre père a acheté un grand jardin. Nous avons vu votre oncle et votre tante. As-tu aussi vu notre jardin.

12.

Il, eel, he, it; elle, ell', she, it; mais, may, but; très, tray, very.

Mon père est bon; il a aussi un bon frère. Ma mère est bonne; elle a aussi une bonne soeur. Ton livre est petit, mais il est bon. Avez-vous vu notre jardin? Il est très grand. J'ai acheté une plume; elle est très bonne Nous avons vu votre oncle; il a acheté un grand livre.

13.

Qui, kee, who, which; que, kă, whom, which.

Nous avons un père qui est bon. Vous avez une mère qui est bonne. J'ai un livre qui est très bon. Ma soeur a une plume qui est très bonne. Le livre que vous avez acheté est bon. Le jardin que nous avons vu est très grand. As-tu vu le livre que mon frère a acheté? Le livre que votre

---

* The r is heard but slightly, often not at all in *votre* and *nôtre*.

frère a acheté est bon, mais il est très petit. J'ai acheté aussi un livre, mais il est grand. Votre oncle a le livre que vous avez vu.

14.

Le chapeau, lă châ-po', the hat; la montre, lă mon'-tr, the watch; le canif, lă kâ-neef', the penknife; le cheval, lă sh'vâl or shŭ-vâl', the horse; un enfant, ŏn-nânt-fân', a child; trouvé, troo-vey', found; perdu, pairr-dü', lost; pour, poorr, for; où, oo, where.

J'ai un petit chapeau. Ton chapeau est grand. Mon frère a une montre. As-tu aussi une montre. Ma montre est petite, mais elle est très bonne. J'ai perdu un canif. Avez-vous trouvé mon canif? Ma mère a acheté un chapeau pour ma soeur. As-tu vu le chapeau que ma mère a acheté? Nous avons trouvé un livre. Avez-vous perdu un livre? Où as-tu acheté ta plume? Notre père a acheté un cheval. Votre oncle a un bon cheval. Nous avons vu le cheval que votre père a acheté. Mon frère est un enfant; il est très petit.

15.

Ce, sŭ, cet, set, cette, sett', this.

Ce cheval est bon. Ce jardin est grand. Ce livre est petit. Cet enfant est notre frère. Cette plume est pour ma soeur. Ce canif est pour mon oncle. J'ai trouvé un livre. Où avez-vous trouvé ce livre? Ma mère a acheté ce chapeau. Ton frère a vu ce cheval. Votre petit frère est un bon enfant. Où as-tu acheté cette plume? Cette montre est très bonne. Ce chapeau est pour cet enfant.

16.

Le fils, lă feess, the son; la fille, là feel', the daughter; le cadeau, lŭ kâ-doe', the present; la lettre, lŭ let'-tr, the letter; reçu, rŭ-sü', received; vendu, vân-dü', sold; écrit, ey-kree', written; dans, dân, in.

Mon oncle a un fils et une fille. J'ai vu ton frère et ta soeur. Nous avons reçu un cadeau. Avez-vous écrit une lettre? Ma soeur a reçu un chapeau. J'ai vendu mon cheval. As-tu aussi vendu ta montre? Où avez-vous trouvé cette lettre? Nous avons trouvé cette lettre dans notre jardin. Ce cadeau est pour votre tante. Votre fils est très petit, mais il est bon. Ma fille est très grande. Cette fille a un bon père et une bonne mère. Cet enfant est mon fils.

17.

Son, son', sa, sŭ, his, her.*

Mon oncle a perdu son canif et sa montre. Ma soeur a perdu son livre et sa plume. Mon père a vendu son cheval. Ma tante a aussi vendu son cheval. Où est votre oncle? Il est dans son jardin. Où est votre tante? Elle est dans son jardin. Ce père a perdu sa fille. Cette mère a perdu son fils. Mon oncle a acheté un chapeau pour son petit enfant. Cette lettre est pour ma soeur. Cette fille a écrit une grande lettre pour sa mère. Nous avons trouvé un livre dans ce jardin.

* The possessive pronouns, son and sa, agree with the thing possessed without any reference to the owner. *Son* is masculine, *sa* is feminine.

Your mother has lost a book. My sister has found a pen. Where have you bought this penknife? Have you seen this horse? We have seen a large horse. Your little brother has a good watch. Our brother is tall but our sister is small. I have a hat which is very big. The penknife which you have bought is good. Our uncle has received a letter. This son has lost his mother. This daughter has lost her father. This present is for this child.

19.

De, dŭ, of, from; de mon père, dă-mon⁵-pairr′, of my father, my father's; de ma mère, dŭ-mâ-mairr′, of my mother; de ton frère, dă-ton⁵-frairr′, of thy brother; de ta soeur, dŭ-tâ-sörr′, of thy sister; de son oncle, dă-son-nonk′-kl, of his (her) uncle; de sa tante, dă-sâ-tân⁵t′, of his (her) aunt; de ce jardin, dă-sŭ-zharr-dan⁵′, of this garden.

Le canif de mon père est bon. La plume de ma soeur est aussi bonne. Avez-vous vu le canif de mon frère? Le jardin de mon oncle est grand. J'ai vu le jardin de votre oncle? Notre père a acheté ce jardin de ta tante. Vous avez perdu la plume de ma soeur? Cet enfant est le fils de mon oncle. J'ai reçu un canif de notre tante. Nous avons reçu un cheval de votre oncle. As-tu vu le père de cet enfant? Ma tante a reçu une lettre de son père. Cette lettre est de ma mère. As-tu reçu ce cadeau de ton frère? Ce fils a perdu le livre de son père.

20.

à, â,-tò, at; à mon père, â-mon⁵-pairr′, to my father; à ma mère, â-mâ-mairr′, to my mother; à ce jardin, â-sŭ-zharr-dan⁵′, to this garden; je pense, zhŭ-pân⁵s′, I think; donné, on-ney′, given; prêté, pray-tey′, lent.

Je pense à mon frère et à ma mère. Mon fils a écrit une lettre à sa tante. Mon oncle a vendu son cheval à mon frère. J'ai donné mon canif à ma soeur. Ma tante pense à son fils et à sa fille. Le fils de notre tante est très bon. J'ai prêté mon canif à votre soeur. Avez-vous vendu votre jardin à mon oncle? Nous avons écrit une grande lettre à notre père. Ma tante a reçu cette lettre de sa fille. J'ai prêté à ton frère le canif que j'ai reçu de mon oncle. Nous avons donné une plume à cet enfant. As-tu prêté ton livre à ce bon enfant? Je pense à ce fils et à cette fille.

21.

The garden of my uncle is large. We have seen the horse of your father. Have you found the book of my sister? I have received this pen from my aunt. Have you received a book from this child? We have lent our book to your brother. Have you found this hat in your garden? We have written a letter to our uncle and to our aunt. Your mother has given a watch to my sister.

22.

Oncle, onk′-kl, uncle; l'oncle, lonk′-kl, the uncle; ami, â-mee′, friend; l'ami, lâ-mee′, the friend; enfant, ân⁵-fân⁵′, child; l'enfant, lân⁵-fân⁵′, the child; arbre, arr′-br, tree; l'arbre, l'arr′-br, the tree; homme, omm′, man; l'homme, lomm′, the man; riche, reesh, rich; pauvre, po'vr, poor; jeune, zhönn, young; malade, mà-lâd', sick; encore, ân⁵-korr', still, yet.

L'ami de mon père est riche. J'ai vu l'ami de votre père. Cet homme est l'ami de mon oncle. L'enfant de cet homme est malade. Cet enfant est encore jeune. L'oncle de mon ami est très riche. Avez-vous vu l'arbre que mon père a acheté? Mon oncle a vendu cet arbre à votre père. L'homme que vous avez vu est très pauvre. Son fils est malade. Mon ami est un homme très riche. J'ai donné une plume à ce pauvre enfant. La tante de ce jeune homme est malade. Ce pauvre enfant a perdu son père.

23.

Le voisin, lă-voo_â-zan⁵/, m. la voisine, lâ-voo_â-zeen', f. the neighbor; le cousin, lŭ-koo-zan⁵/, m. la cousine, lâ-koo-zeen', f. the cousin; l'ami, lâ-mee', m. l'amie, lâ-mee', f. the friend; le jardinier, lă-zharr-dee-nee-ey', m. la jardinière, lâ-zharr-dee-nee-airr', f. the gardener; l'homme, lomm', the man; la femme, lâ-fâmm', the woman.

Cet homme est notre jardinier. Cette femme est notre jardinière. Notre voisin est très riche. Votre voisine est une bonne femme. Avez-vous vu mon cousin? J'ai vu votre cousin et votre cousine. Votre cousin est l'ami de mon frère. Ma soeur est l'amie de votre cousine. La bonne jardinière a perdu son enfant. La voisine de mon oncle a un très bon fils. Notre jardinier est le père de cet enfant. La fille de cette pauvre femme est malade. J'ai reçu un cadeau de ton cousin. Ma soeur a écrit une lettre à votre cousine.

24.

Our gardener is a good man. Your gardener is a good woman. Thy cousin, m. is the friend of my neighbor, m. My friend is the uncle of this young man. I have bought this tree from this gardener. Our neighbor, f has a very good son and a very good daughter. Hast thou seen the child of this poor man? I have given my penknife to this poor child

25.

Plus, plü, more; utile, ü-teel', useful; plus utile, plü-zü-teel', more useful; sage, sâzh, wise, reasonable, well-behaved; plus sage, plü-sâzh', better behaved, wiser; joli, jolie, zho-lee', pretty; plus joli (e), plü-zho-lee', prettier; plus grand, plü-grân⁵/, larger, bigger; plus petit, plü-p'tee', smaller; que, kă, than; le mien, lŭ-me_an⁵/, la mienne, lâ-me_enn', mine; le tien, lŭ-te_an⁵/, la tienne, lâ-te_enn', thine; le sien, lŭ-se_an⁵/, la sienne, lâ-se_enn', his, hers; le nôtre, lă-no'-tr, la nôtre, lâ-no'-tr, ours; le vôtre, lŭ-vo'-tr, la vôtre, lâ-vo'-tr, yours.

Mon canif est plus joli que le tien. Ma plume est plus grande que la tienne. Notre cheval est plus grand que le vôtre. Ton père est plus petit que le mien. Le jardin de votre oncle est plus grand que le nôtre. Cet homme est plus riche que notre père. Cet enfant est plus sage que ton petit frère. Le chapeau de ma soeur est plus joli que le mien. Ce livre est plus utile que le nôtre. As-tu trouvé un chapeau? Ma soeur a perdu le sien. Notre tante est plus riche que la vôtre. Notre oncle a un jardin qui est très grand, mais le vôtre est plus grand. Nous avons un livre qui est plus utile que le vôtre. J'ai donné mon canif à ton frère; il a perdu

le sien. Le fils de notre jardinière a trouvé une plume dans notre jardin; il a donné la sienne à mon petit frère. Mon frère a donné sa plume à ma cousine qui a perdu la sienne.

26.

Le chien, lă-she‿an͡, the dog; le chat, lă-shâ′, the cat; la campagne, lâ-kâm-pân͡, the country; la ville, lâ-veel, the town, the city; la maison, lâ-mai-zon͡, the house; le soleil, lă-so-lel͡, the sun; la lune, lâ-lü′n͡, the moon; le thème, lă-taim′, the exercise; facile, fâ-seel′, easy; difficile, de-fe-seel′, difficult; fidèle, fe-dail′, faithful; agréable, â-grey-â′-bl, agreeable; honnête, on-nayt′, honest; haut, ho, haute, ho′t, high.

Mon frère est encore jeune. Il est plus jeune que votre cousin. Cet homme est pauvre, mais ce jardinier est encore plus pauvre. Notre tante a une grande maison. Avez-vous vu la maison de notre tante? Cet enfant est plus sage que ma petite sœur. Ma cousine a un petit chat. J'ai donné mon petit chien à notre cousin. Le chien est plus fidèle que le chat. Votre voisin est pauvre, mais il est honnête. La jardinière est une très honnête femme. Le soleil est plus grand que la lune. La campagne est très agréable. La campagne est plus agréable que la ville. Notre ville est plus petite que la vôtre. Mon ami a un petit chien qui est très fidèle. Cet arbre est très haut; il est plus haut que le mien. Cette maison est très haute; elle est plus haute que la vôtre. Ton thème est plus facile que le nôtre, mais le thème de mon cousin est très difficile.

27.

Have you seen the mother of this child? She is very poor; she is poorer than the mother of our gardener. Have you seen my dog? He is bigger than yours. My cousin has also a dog, which is very faithful. Your uncle is richer than ours. This town is very large. We have bought a large house. Your little brother is very good (sage); he is better than ours. We have an aunt, who is very rich.

28.

Celui, să-lü‿ee′ *m.* celle, sell', *f.* the one, that.

Ce canif est plus joli que celui de mon frère. Cette montre est plus jolie que celle de votre cousin. Cet arbre est plus haut que celui que nous avons vu dans votre jardin. Mon chapeau est plus petit que celui de votre sœur. Votre plume est plus grande que celle de votre ami. Le chien de votre voisin est plus fidèle que celui de notre tante. Ce thème est très difficile. Le thème de votre cousin est plus difficile que le vôtre, mais celui de ma sœur est encore plus difficile. La voisine de mon oncle a un petit chien qui est plus fidèle que celui de votre jardinier; mais le mien est encore plus fidèle. Mon thème est plus facile que le tien et que celui de ton frère.

29.

The moon is smaller than the sun. The dog is more faithful than the cat. Your book is more useful than that of your cousin. The bonnet of your sister is smaller than that of my mother. The house of our gardener is larger than that of your neighbor, *f.* The friend of our uncle is richer than that of his brother.

30.

Henri, hân^{z}-ree', Henry; de Henri, dă-hân^{z}-ree', of, from Henry, Henry's; à Henri, â-hân^{z}-ree', to Henry; Charles, sharrl, Charles; Jean, zhân^{z}, John; Louis, loo͜ee', Lewis; Louise, loo͜eez', Louisa; François, frân^{z}-soo͜â', Frank; Guillaume, gheel-yo'm', William; Bruxelles, brü-sell', Brussels; de Bruxelles, dă-brü-sell', from, of Brussels; à Bruxelles, â-brü-sell', at, to, in Brussels; Vienne, ve͜enn', Vienna; Cologne, co-lon^{y}', Cologne; arrivé, â-ree-vey', arrived; s'appelle, sâ-pell', is called, calls himself, herself, itself; est parti pour, ay-parr-tee' poor, has departed for.

Le fils de notre voisine s'appelle Charles, et sa fille s'appelle Louise. L'enfant de notre jardinier s'appelle Guillaume. La tante de Ferdinand est arrivée, mais son père est parti pour Berlin. La soeur de Louis est très sage. Je pense à Louis et à Émile. La soeur de Louise a écrit une lettre à Émilie. François a reçu cette plume d'un jeune homme qui s'appelle Jean. Henri a donné son livre à Ferdinand et sa plume à Joseph. Le cousin de Jean est parti pour Paris. Le chien de Charles est plus fidèle que celui de François. Nous avons donné notre petit chat à Guillaume. Ce canif est à Adolphe, et cette plume est à Jean. Notre tante est à Paris. Mon cousin est à Vienne. Ce jeune homme est de Bruxelles. Notre ami est de Cologne.

31.

Josephine has lost her hat. Have you found the penknife of Henry? The father of Charles (Charles's father) is very good. The garden of Charles is smaller than yours. The friend of Joseph has departed. My cousin is (has) arrived. We have received a letter from Lewis, he is in Boston. Have you seen John and Ferdinand? We have written a letter to our friend in Cologne.

32.

Le père, lă-pairr', the father; les pères, lay-pairr', the fathers; la mère, lâ-mairr', the mother; les mères, lay-mairr', the mothers; l'enfant, lân^{z}-fân^{y}', the child; les enfants, lay-zân^{z}-fân^{y}', the children; l'homme, lomm', the man; les hommes, lay-zomm', the men; la fleur, lâ-flörr', the flower; les fleurs, lay-flörr', the flowers, la pomme, lâ-pomm', the apple; les pommes, lay-pomm', the apples; la poire, lâ-poo͜arr', the pear; la cerise, lâ-sŭ-reez', the cherry; content, kon^{z}-tân^{y}', satisfied; sont, son^{z}, are; sont à, son^{z}-tâ', belong to; sont partis, son^{z}-parr-tee', have departed; aime, aim, loves; souvent, soo-vân^{y}', often; toujours, too-zhoor', always.

Les pères sont bons, et les mères sont aussi bonnes. Les livres de mon oncle sont utiles. Les plumes de ma soeur sont petites. Les enfants de cet homme sont très sages. Les soeurs de mon ami sont bonnes. Avez vous vu les livres de mon cousin? Nous avons trouvé les livres et les plumes de votre frère. La mère de Charles aime les fleurs et les enfants. Les amis de Ferdinand sont arrivés. Les frères de mon voisin sont partis pour Vienne. Cette maison est haute. Les maisons de cette ville sont très hautes. Les arbres de notre jardin sont plus hauts que les arbres de votre jardin. Les enfants de notre jardinier sont encore très jeunes. Les thèmes de ma cousine sont faciles, mais les thèmes de mon frère sont trè\

difficiles. Ta soeur est contente. Les filles de notre voisin son toujours
contentes. Les pauvres sont souvent plus contents que les riches.

33.

The children of our gardener are good (well-behaved). The books of your
father are very useful. The friends of my uncle are very rich. Vienna is
a large city. The houses of Vienna are very high. Frank and Henry
are arrived. Louisa and Josephine are (have) set out. The sisters of
Henry are still young. We have seen the children of this poor woman.
This mother is always contented; she is more contented than our neighbor, *f.*
who is very rich.

34.

Deux, dö, two ; trois, troo_â', three ; quatre, kât'-r or kât*, four ; cinq, sank or
san᷍*, five ; six, seess or see*, six ; sept, set or sai*, seven ; huit, ü_eet' or ü_ee'*,
eight ; neuf, nöf or nö'*, nine ; dix, deess, dee*, ten ; onze, on᷍z, eleven ; douze,
doo'z, twelve ; treize, traiz, thirteen ; quatorze, kâ-torrz', fourteen ; quinze, kan᷍z,
fifteen ; seize, saiz, sixteen ; dix-sept, dee-set', seventeen ; dix-huit, dee-zü_eet',
eighteen ; dix-neuf, deez-nöf', nineteen ; vingt, van᷍, twenty. La chambre, lâ-shân᷍'-br,
the room ; la table, lâ-tâ'-bl, the table ; la chaise, lâ-shaiz', the chair ; l'an, lân᷍,
the year ; le moi, lŭ-moo_â', the month ; la semaine, lâ-s'main', the week : le jour,
lŭ-zhoo'r', the day ; il y a, ee-lee-â', there is, there are.

Dans notre maison il y a quatorze chambres. Dans cette chambre il y a
deux tables et douze chaises. Notre voisin a cinq enfants : trois fils et deux
filles. Dans notre jardin il y a vingt grands arbres. Dans la maison de
notre jardinier il y a cinq chats et trois chiens. Nous avons un chat et
deux chiens. L'an a douze mois ; la semaine a sept jours. J'ai reçu de
mon père quatre pommes et six poires. Mon oncle a donné à ma soeur un
joli canif et vingt plumes.

35.

Our father has three penknives. My friend has five sisters. This woman
has seven children. I have bought six chairs. This man has four sons
and two daughters, who are very well-behaved. We have received three
letters for my uncle. My friend has found a penknife and eight pens.

36.

Mon-frère, mon᷍-frairr', my brother ; mes frères, may-frairr', my brothers ; ma
soeur, mâ-sörr', my sister ; mes soeurs, may-sörr', my sisters ; ton cousin, *m.*,
ton᷍-koo-zan', thy cousin ; tes cousins, tay-koo-zan᷍, thy cousins ; ta cousine, *f.*,
tâ-koo-zeen', thy cousin ; tes cousines, tay-koo-zeen', thy cousins ; son oncle, son᷍-
nonk'-kl, his, her uncle ; ses oncles, say-zonk'-kl, his, her uncles ; sa tante, sâ-tân᷍t',
his, her aunt ; ses tantes, say-tân᷍t', his, her aunts ; le mien, lŭ-me_an᷍, la mienne,
lŭ-me_enn', mine, *sing.* ; les miens, lay-me_an᷍, les miennes, lay-me_enn', mine, *plur.* ;
le tien, lŭ-te_an᷍, la tienne, lŭ-te_enn', thine, *sing.* ; les tiens, lay-te_an᷍, les tiennes,
lay-te_enn', thine, *plur.*, le sien, lŭ-se_an᷍, la sienne, lâ-se_enn', his, hers, *sing.* ;
les siens, lay-se_an᷍, les siennes, lay-se_enn', his, hers, *plur.* ; ils ont, eel-zon᷍', they
have, *m.* ; elles ont, ell-zon᷍', they have ; *f.* ; arrosé, â-ro-zey', watered.

---

* This is the pronunciation of the numbers quatre, cinq, six, sept, huit, neuf, dix and their com
pounds, before a noun or adjective commencing with a consonant

J'aime mes frères et mes soeurs. J'aime aussi mes cousins et mes cousines. Tes livres sont bons, les miens sont bons aussi. Mon frère a perdu ses plumes. Cette femme aime ses enfants. Cet homme a perdu ses amis, et cette mère a perdu ses enfants. J'ai donné mes fleurs à ton cousin. J'ai reçu ce mois six lettres de mes amis. Mon cousin a écrit cette semaine deux lettres à ses amis. As-tu arrosé tes fleurs? J'ai arrosé les miennes et les tiennes. Ma soeur a aussi arrosé les siennes. Mes cousines ont reçu deux jolis chats : elles sont très contentes. Tes frères ont acheté deux chiens qui sont très fidèles. Ils ont donné trois livres à mes soeurs. Charles a perdu ses livres et les miens.

37.

Notre livre, notr-lee'-vr, our book; nos livres, no-lee'-vr, our books; notre plume, notr-plü'm', our pen; nos plumes, no-plü'm, our pens; votre jardin, votr-zharr-dan⁗, your garden; vos jardins, vo-zharr-dan⁗, your gardens; votre maison, votr-mai-zon⁗, your house; vos maisons, vo-mai-zon⁗, your houses; le nôtre, lũ-no'-tr, la nôtre, lũ-no'-tr, ours, *sing.*; les nôtres, lay-no'-tr, ours, *m.* and *f. plur.*; le vôtre, lũ-vo'-tr, la vôtre, lũ-vo'-tr, yours, *sing.*; les vôtres, lay-vo'-tr, yours, *m.* and *f. plur.*; triste, treest, sad.

Avez-vous vu nos frères et nos soeurs? J'ai vu vos cousins et vos cousines. Où sont nos livres et nos plumes? J'ai perdu vos livres et les nôtres. Mon frère a trouvé mes livres et les vôtres. Nous avons arrosé nos fleurs. Avez-vous aussi arrosé les vôtres? Nos soeurs sont parties cette semaine. Mon père et ma mère sont malades. Ces enfants sont très tristes. Mes cousins sont arrivés. Vos jardins sont plus grands que les nôtres. Notre ville est plus petite que la vôtre. Nos soeurs sont plus jeunes que les vôtres. Tes frères sont les amis de mes cousins. Je pense souvent à vos frères. J'ai acheté trois canifs pour les enfants de notre cousin. Où sont vos soeurs? Elles sont à Berlin. Et vos frères? Ils sont partis pour Bruxelles.

38.

My children are very sick. Our friends are very sad. I have seen your flowers. Hast thou found my books and my pens? I have written a letter to thy brothers. We have received two letters from our cousins, who are in Paris. Your uncle has watered his flowers and ours. I have given to this poor child my pens and yours. My father has sold his dogs and mine.

39.

Ce chien, sũ-she̲ an⁗, this dog; ces chiens, say-she̲ an⁗, these dogs; cet arbre, set-arr'-br, this tree; ces arbres, say-zarr'-br, these trees; cette table, set-tã'-bl, this table; ces tables, say-tã'-bl, these tables; un écu, ön-ney-kü', a dollar; avec, à-veok', with; sur, sü'rr, upon.

Ces jardins et ces maisons sont à ma tante. Ces pommes et ces poires sont à mes soeurs. Ces arbres sont hauts. Ces enfants sont très sages; ils ont une bonne mère. Où avez-vous acheté ces plumes? Nous avons trouvé ces livres sur cette table. Ma tante a donné deux écus à ces pauvres enfants. Ils sont arrivés avec ce jeune homme. Ces cerises sont pour vos frères. Avez-vous vu mes fils et mes filles? Ces deux hommes sont frères.

Ces deux femmes sont soeurs. J'ai acheté ces tables et ces chaises pour ma fille. Ces petits arbres sont à notre voisin. Ces deux grandes maisons sont à notre oncle. J'ai trouvé ces fleurs dans votre jardin. Ces enfants sont tristes; la mère de ces enfants est très malade. Vos fils sont plus sages que les miens, mais mes filles sont plus sages que les vôtres. J'ai reçu ces pommes de notre jardinier, et ces poires de notre jardinière.

40.

These pens are good. These trees are high. I have given these books to my friend. Have you watered these flowers? These children are better-behaved, than the sons of our neighbor. These books are more useful than ours. These apples and these pears are to my brother (are my brother's). We have bought these trees. This poor woman has seven children : four sons and three daughters. Who have received these cherries from these children.

41.

Tout, too, toute, toot', all, whole, entire; le monde, lă-mon⁴d', the world; tout le monde, tool-mon⁴d', every body; toute la ville, toot'-lâ-veel', all the town; tous, too, *plur. m.*, toutes, toot', *plur. f.*, all; tous les hommes, too-lay-zomm', all (the) men; toutes les femmes, toot-lay-fämm', all the women; la terre, lâ-tairr', the earth; la nuit, lâ-nü͟ee', the night; la prairie, lâ-prey-ree', the meadow; Dieu, de͟ŏ', God; créé, crey-ey, created; pleuré, plö-rey', wept; envoyé, ân⁴-voo͟â-yey', sent. Je pense à, zhŭ-pân⁴s-û, I think of.

J'aime tous les hommes. Tous mes amis sont partis pour la campagne. Tous ces jardins et toutes ces prairies sont à ma tante. Cette femme a perdu tous ses enfants. J'ai perdu tous mes livres et toutes mes plumes. Notre jardinier a perdu sa bonne mère; il a pleuré toute la nuit. Dieu a créé toute la terre. Avez-vous arrosé tous ces petits arbres et toutes ces fleurs? Le jardinier a arrosé tout le jardin. Tous ces thèmes sont faciles. Mon cousin a prêté tous ses livres à Henri. Louise a perdu toutes ses plumes. Avez-vous écrit toutes ces lettres? Ma tante a envoyé trois écus à cette pauvre femme. Elle a donné toutes ces pommes et toutes ces poires à ces enfants. Nous avons acheté toutes ces cerises.

42.

My father has sold all his dogs. We have sold all our gardens. I have lost all my friends. All these books belong to our neighbor. I love all these children. I think every day of Lewis and Charles. Where have you bought these penknives? I have seen the whole house. All your letters are (have) arrived. Charles is (has) set out with all his friends. We have found all these apples in the garden of our neighbor.

43.

La mère, lâ-mairr', the mother; de la mère, dă-lâ-mairr', of the mother; à la mère, â-lâ-mairr', to the mother; l'argent, larr-zhân⁴', the silver, the money; l'enfant, lân⁴-fân⁴', the child; de l'enfant, dŭ-lân⁴-fân⁴', of the child; à l'enfant, â-lân⁴-fân⁴', to the child; le roi, lă-roo͟â', the king; la reine, lâ-rain', the queen.

La mère de la reine est bonne. Mon père a reçu un cadeau de la reine. J'ai prêté mon canif à l'ami de ton frère. Nous avons reçu un petit chien

de la mère de cet enfant. Votre oncle a écrit une lettre à la soeur de notre
voisin. Le roi a envoyé un cheval à la reine. J'ai reçu toutes ces fleurs
de la jardinière. Les enfants de la jardinière sont malades. Je pense à
l'amie de notre soeur. Henri a donné son argent à l'enfant de cette pauvre
femme. Le chien est utile à l'homme. Ce jardin est à l'oncle de mon ami.
Ces prairies sont à la tante de ce jeune homme. Nous avons vendu notre
cheval à l'ami de notre voisin.

44.

Du roi, dŭ-roo͟_â′, of the king; au roi, o-roo͟_â′, to the king; le peuple, lă-pö′-pl,
the people, nation; la partie, lâ-parr-tee′, the share; la vie, lâ-vee′, the life; le
bonheur, lă-bon-nörr′, the good fortune, happiness; le malheur, lă-mâl͟_örr′, the
misfortune, ill-luck; court, koorr, short.

Le roi est le père du peuple. Un bon roi aime son peuple. Le frère du
roi est arrivé. Avez-vous vu le jardin du roi? La vie de l'homme est
courte. Dieu a donné la vie à l'homme. Le jour est une partie de la semaine. La semaine est une partie du mois. La terre est une petite partie
du monde. Le chien est l'ami de l'homme. Ton père est ami du mien.
Les enfants du jardinier sont très sages. J'ai donné un petit chien au fils
de la jardinière. As-tu reçu ce canif du jardinier? Ce cheval est au voisin
de mon oncle. Ces fleurs sont au jardinier du roi. Mon cousin a vendu
sa maison au frère de notre voisin. Ma soeur a donné tout son argent à
l'enfant de cette femme. Mon cousin pense toujours au cheval qu'il a reçu
de la mère du roi. Les bons rois sont le bonheur du peuple. Je pense
toujours au malheur de mon ami.

45.

Les arbres, lay-zarr′-br, the trees; des arbres, day-zarr′-br, of the trees; aux
arbres, o-zarr′-br, to the trees.

Dieu est le père des hommes. Dieu a donné la vie aux hommes. Les
bons rois sont le bonheur des peuples. Les chiens sont amis des hommes.
Ces arbres sont aux fils du jardinier. J'ai donné mes livres aux filles de
cette pauvre femme. Le cheval est utile aux hommes. Les enfants des
pauvres sont souvent plus contents que les enfants des riches. Nous avons
reçu toutes ces fleurs des fils du jardinier. Ma soeur a reçu ces lettres des
amies de Louise. Nous avons écrit aux amis de notre cousin. Je pense
toujours aux soeurs de la reine. Ma mère a donné huit écus aux pauvres.
La reine a envoyé vingt écus aux enfants de la jardinière.

46.

The brother of the king is sick. The sister of the queen is very small.
I have given my flowers to the son of the gardener. The king has sent a
horse to the queen. We have received this present from the mother of this
child. Have you written a letter to the brother of our neighbor? I always
think of the friend of your father. This house belongs to the uncle of thy
friend. I love the children of the neighbor, *f.* Your sisters have given a
dollar to the poor. The children of the poor are often very contented. The

good (Good) children are the happiness of the father and the mother. We have given our money to the children of these poor (persons).

47.

Peu, pŏ, little, few; peu de vin, pŏ'd-van͏ͤ, little wine; beaucoup, bo-koo′, much, many; beaucoup de viande, bo-kood-ve͏ăn͏ͤd′, much meat; plus, plü, more; plus de pommes, plü'd-pomm', more apples; assez, â-sey′, enough; assez de bière, â-seyd-be͏ͺairr′, beer enough; assez d'eau, â-sey-doe′, water enough; le pain, lă-pan͏ͤ′, the bread; la viande, lâ-ve͏ăn͏ͤd′, the meat; le vin, lă-van͏ͤ′, the wine; la bière, lâ-be͏ͺairr′, the beer; l'eau, lo, the water; mangé, mân͏ͤ-zhey, eaten; bu, bü, drunk; donnez, don-ney, give; moi, moo͏ͺâ′, me, to me, I.

Le roi a beaucoup d'argent. Mon ami a plus d'argent que moi. Avez-vous beaucoup de vin? Donnez-moi un peu de bière. J'ai assez de pain. As-tu assez de viande? Nous avons peu de pommes. Notre roi a beaucoup de soldats. Nous avons mangé peu de cerises. Mes sœurs ont acheté beaucoup de poires. Donnez cet argent à cette pauvre femme. Donnez un peu de vin à ce malade. Cet homme a beaucoup de fleurs dans son jardin. Mon frère a plus de livres que le tien, mais le tien a plus de plumes que le mien. Le roi est un bon père; il a donné beaucoup d'argent aux pauvres. Cet homme a peu d'amis, mais il a beaucoup de chiens et de chats. Cette mère a beaucoup d'enfants. Henri a vu plus de villes que nous.

48

Tant, tân͏ͤ, autant, o-tân͏ͤ, as much; trop, tro, too much; combien, kon͏ͤ-be͏ͺan͏ͤ′, how much, how many; moins, moo͏ͺan͏ͤ′, less; le fromage, lă-fro-mâzh′, the cheese; le sel, lă-sel′, the salt; le poivre, poo͏ͺâ′-vr, the pepper; la moutarde, lâ-moo-tarrd', the mustard.

Mon père a autant de livres que vous. Vous avez moins de plumes que moi. Cet enfant a trop de vin. Donnez-moi un peu de fromage. Avez-vous assez de sel et de poivre? J'ai donné un peu de moutarde à Henri. Il a bu trop de bière. Combien d'enfants avez-vous? J'ai six enfants: quatre fils et deux filles. Notre voisin a moins d'enfants que vous: il a deux fils et une fille. Il y a beaucoup d'arbres dans ce jardin. Les hommes qui sont contents, sont riches. Peu d'hommes sont contents. Le pauvre a peu d'amis. As-tu autant d'argent que nous? J'ai moins d'argent que vous, mais j'ai plus de livres que vous. Donnez au fils de la jardinière le canif que vous avez reçu de moi; il a perdu le sien.

49.

Le morceau, lă-morr-so′, the piece; le verre, lă-vairr′, the glass; la bouteille, lâ-boo-tel′′, the bottle; la livre, lâ-lee′-vr, the pound; le quintal, lă-kin͏ͤ-tâl′, the hundredweight; une aune, ü-no'n, an ell; une paire, ü'n-pairr′, a pair, a couple; une douzaine, ü'n-doo-zain′, a dozen; une corbeille, ü'n-korr-bel′′, a basket; demi, dă͏ͺmee′, half; la toile, lâ-too-âl′, the linen; le mouchoir, lă-moo-shoo͏ͺarr′, the pocket handkerchief; le gant, lă-gân͏ͤ, the glove; le bas, lă-bâ, the stocking; le soulier, lă-soo-le͏ͺey′, the shoe; la botte, lâ-bot′, the boot; la chemise, lâ-sh'meez′, the shirt; la cravate, lâ-krâ-vât′, the neck handkerchief; le crayon, lă-krey-yon͏ͤ′, the pencil; l'encre, l'ân͏ͤ′-kr, the ink.

Ma mère a envoyé à ma cousine trois paires de gants, six paires de bas, deux douzaines de chemises et une corbeille de cerises. Dans ce coffre il y a dix aunes de toile, quatre mouchoirs et une demi-douzaine de cravates. J'ai reçu de mon père un chapeau et une montre, un canif, six plumes, trois crayons et deux écus. Mon frère a acheté deux paires de souliers et une paire de bottes. Nous avons envoyé à l'ami de notre oncle vingt livres de sucre, un demi-quintal de café et douze bouteilles de vin. Donnez-moi un morceau de viande, une bouteille de bière et un peu de moutarde. Ma tante a acheté une grande table et une demi-douzaine de chaises. J'ai bu un verre de vin et j'ai mangé un morceau de fromage. Cette tasse de thé est pour mon cousin, et ce morceau de sucre est pour ma sœur. Nous avons donné au fils de notre voisine six plumes, deux crayons et un peu d'encre : il a écrit une lettre à son oncle qui est à Francfort.

50.

Our gardener has many flowers. My father has more flowers than your gardener. This man has much money, he is very rich. You have less money than this man. We have as many children as you. How many books hast thou? I have few books, but I have many friends. Give me a glass of water. Have you given a bottle of beer to the child of our neighbor? My sister has received a pound of cherries and two pounds of apples. This pair of boots is for me and this dozen of shirts is for Charles.

51.

Le chapeau, lă-shâ-po', the hat; les chapeaux, lay-shâ-po', the hats; le cadeau, lă-kâ-do', the present; les cadeaux, lay-kâ-do', the presents; l'oiseau, loo̠â-zo', the bird; les oiseaux, lay-zoo̠â-zo', the birds; le jeu, lă zhŏ, the play, the game; les jeux, lay zhŏ, the games; le couteau, lă-koo-toe', the knife; le moineau, lă-moo̠â-no', the sparrow; le vaisseau, lă-ves-so', the vessel, ship; le troupeau, lă-troo-po', the flock; le château, lă-shâ-toe', the castle; le feu, lă-fö', the fire.

Ma sœur aime les oiseaux; elle a beaucoup d'oiseaux. Le feu et l'eau sont utiles à l'homme. Cet homme est très riche : il a deux châteaux, beaucoup de jardins et de prairies. Vos chapeaux sont plus grands que les nôtres. Avez-vous vu les deux moineaux de mon frère? Mon cousin a vendu tous ses oiseaux. Cette petite fille aime les jeux. Ces troupeaux sont à notre voisin. Nous avons vu deux grands vaisseaux. J'ai acheté une douzaine de verres et une demi-douzaine de couteaux. Ces moineaux sont encore jeunes. Ces cadeaux sont pour Joséphine.

52.

Le cheval, lă-sh'vâl', the horse; les chevaux, lay-sh'vo', the horses; l'animal, lâ-nee-mal', the animal; les animaux, lay-zâ-nee-mo', the animals; le travail, lă-trâ-val', the work, labor; les travaux, lay-trâ-vo', the works; le mal, lă-mâl', the evil; le général, lă-zhey-ney-râl', the general; le métal, lă-mey-tâl', the metal; le lion, lă-le-on, the lion.

Dieu a créé tous les hommes et tous les animaux qui sont dans le monde. Les travaux de cet homme sont agréables. Les chevaux sont très utiles; ils sont plus utiles que les chiens. Nous avons vendu nos chevaux. Notre voisin a plus de chevaux que de chiens. Ces animaux sont très jolis. Le lion est le roi des animaux. Nous avons acheté deux quintaux de café.

Votre roi a beaucoup de généraux. Ce peuple a un bon roi. Le roi de ce peuple a beaucoup de soldats, mais il a peu de vaisseaux. Les animaux ont beaucoup de maux. Les fils de notre voisin ont acheté les oiseaux du jardinier. Nous avons vu les chevaux de la reine et les travaux des soldats. Mon fils aime les chevaux. Je pense toujours aux frères et aux soeurs de mon ami. L'argent est un métal. Les métaux sont très utiles aux hommes.

53.

I have seen the castles of the kings. We have lost our hats. These knives are for my mother. Your brother loves the birds (loves birds). Give me the sparrows. These flocks belong to our neighbor. Our king has lost all his ships. My cousin has received two horses from the son of this general. Henry loves the work (likes to work); these work, are very useful. This poor animal is sick. These little animals are very faithful.

54.

Le pain, lă-pan⁰⁄, the bread; du pain, dü-pan⁰⁄, bread, of the bread, some bread; la viande, lă-ve⎽ân⁴d⁄, the meat; de la viande, dă-lă-ve⎽ân⁴d⁄, meat, of the meat, some meat; l'encre, lân⁰⁄-kr, the ink; de l'encre, dă-lân⁰⁄-kr, ink, of the ink, some ink; les pommes, lay-pomm', the apples; des pommes, day-pomm', apples, of the apples, some apples; les enfants, lay-zân⁰-fân⁰⁄, the children; des enfants, day-zân⁰-fân⁰⁄, children, of the children, some children; le cordonnier, lă-korr-do-ne⎽ey⁄, the shoemaker; le menuisier, lă-mă-nü⎽ee-ze⎽ey⁄, the cabinet-maker, joiner; le libraire, lă-lee-brairr⁄, the bookseller; le marchand, lă-marr-shân⁰⁄, the merchant; on, on⁰ one, people, they; trouve, troov, finds; fait, fai, makes, made; vend, vân⁰, sells; chez, shey, at the house of, with; s'il vous plaît, seel-voo-play⁄, if you please, please.

J'ai mangé du pain et de la viande. Nous avons acheté des pommes et des poires. Mon frère a bu du vin, et vous avez bu de la bière et de l'eau. Ce marchand vend du sucre, du café et des citrons. Le cordonnier fait des souliers et des bottes. Le menuisier fait des tables et des chaises. Chez le libraire on trouve des livres, des plumes, du papier, de l'encre, des canifs et des crayons. Cet homme vend des chevaux et des chiens. Dans ce coffre il y a des gants, des bas, des mouchoirs, des cravates et de la toile. Donnez-moi, s'il vous plaît, du sel et du poivre. Avez-vous de la moutarde? Nous avons acheté des tasses, des verres, des bouteilles et des couteaux. Mon oncle a donné de l'argent aux pauvres. Il y a des pauvres qui sont très contents. Il y a des animaux qui sont plus grands que les chevaux.

55.

Le fruit, lă-frü⎽ee⁄, the fruit; le lait, lă-lai⁄, the milk; le chocolat, lă-sho-ko-lă⁄, the chocolate; la soupe, lă-soop', the soup; les légumes, lay-ley-gü'm⁄, the vegetables; le vinaigre, lă-vee-nai⁄-gr, the vinegar; l'huile, lü⎽eel⁄, the oil; la farine, lă-fă-reen⁄, the flour; le jambon, lă-zhân⁰-bon⁰⁄, the ham; voici, voo⎽â-see⁄, here is see here; voilà, voo⎽â-lâ⁄, there is, see there.

Voici du vin et de l'eau, du café et du chocolat, du sucre et du lait. Nous avons mangé de la soupe, de la viande, des légumes et du fruit. Donnez moi, s'il vous plaît, du vinaigre et de l'huile. Voilà une bouteille de vinaigre et voilà aussi du poivre et de la moutarde. J'aime le poivre et le sel. Dans cette corbeille il y a des fruits et des fleurs. Nous avons des jardins et des prairies. Mon frère a des livres et des amis. Notre cordonnier a des enfants très sages. Mes soeurs ont mangé du fromage, du jambon et de la salade. Le jardinier a donné des cerises à Henriette. Ma mère a acheté de la farine et du lait chez notre voisin. J'ai acheté ce papier et cette encre chez le libraire. Il y a dans cette ville des marchands qui sont très riches.

56.

The shoemaker has made a pair of shoes for my sister and two pair of boots for me. Our gardener is selling trees and flowers. This town has few houses. Our king has generals, soldiers, ships and money. Your brother has many birds. Give to William a piece of ham and a glass of beer. I have received from the gardener a basket of flowers. Here is bread and fruit, oil and vinegar. Have you lost any money? We have bought a dozen of chairs at the cabinet-maker of our uncle. One finds at this merchant (merchant's) knives and penknives.

57.

Plus grand, plü-grûn*', bigger, greater; le plus grand, lŭ-plü-grûn*', the greatest; plus riche, plü-reesh', richer; le plus riche, lŭ-plü-reesh', the richest; meilleur, mel-yörr', better; le meilleur, lŭ-mel-yörr', the best; l'Amérique, lâ-mey-reek', America; l'Europe, lö-rop', Europe; la montagne, lâ-mon*-tûn', the mountain; le fer, lŭ-fairr', the iron; la fille, lâ-feel' (fee'), the girl, the daughter; fort, forr, strong, very; appliqué, û-ple-key', industrious; aimable, ai-mâ'-bl, amiable; c'est, say, that is, it is; ce sont, sŭ-son*', these are, they are.

Cet oiseau est petit; il est plus petit que le mien; c'est le plus petit de tous les oiseaux. Le lion est fort; il est plus fort que le tigre; c'est le plus fort de tous les animaux. Voilà une grande maison; elle est plus grande que la nôtre; c'est la plus grande de la ville. Cette jeune fille est très aimable; elle est plus aimable que sa soeur. Ce menuisier est un honnête homme; il a un fils qui est un peu plus jeune que Henri. Charles est plus appliqué que son frère; il est le plus appliqué de tous mes enfants. Louise est plus sage que Marie; elle est la plus sage de toutes. François a autant d'amis que vous; mais les vôtres sont plus riches que les siens. Notre voisin est l'homme le plus aimable du monde. Le fer est le plus utile des métaux. L'Europe est la plus petite partie du monde, et l'Amérique la plus grande. Le Montblanc est la plus haute montagne de l'Europe. Les chiens sont les plus fidèles de tous les animaux. Le marchand qui a acheté cette grande maison est un des plus riches de la ville. Ces thèmes sont difficiles; ce sont des thèmes très difficiles. Ce couteau est bon; le mien est meilleur, mais celui de mon frère est le meilleur.

58.

Europe is smaller than America. The iron (Iron) is more useful than the silver (than silver). Henry is taller than Charles, but William is the tallest. Frank is the youngest of my brothers, and Louisa is the youngest of my sisters. This man is very poor, but this shoemaker is the poorest (man) of the town. My chair is very high. It is the highest of our chairs. My hat is handsomer than yours; it is the handsomest of my hats. Our children are better-behaved than yours; they are the best-behaved of all the children.

59.

Celui, să-lü̱_ee′, *m.* the one, he; ceux, sö′, *m.* they, those; celle, sell′, *f.* she, the one; celles, cell′, *f.* they, those; celui-ci, să-lü̱_ee-see′, *m.* this one (here); ceux-ci, sö′-see′, *m.* these (here); celle-ci, sell′-see′, *f.* this one; celles-ci, sell′-see′, *f.* these here; celui-là, să-lü̱_ee-lâ′, that one there; ceux-là, sö′-lâ′, those there; cet homme-ci, set-omm-see′, this man; cette femme-là, set-fâmm-lâ′, that woman; ces hommes-ci, say-zomm′-see′, these men; ces femmes-là, say-fâmm-lâ′, those women.

Le chien du jardinier est plus fidèle que celui de notre voisin. Ma fille est plus appliquée que celle du libraire. Vos gants sont plus jolis que ceux de ma mère. Nous avons perdu nos livres et ceux de votre cousin. Voilà tes bottes et celles de ton frère. Où sont mes lettres et celles de ma cousine? Je pense à mes amis et à ceux de mon cousin. C'est ma cravate et celle de ton ami. Ce sont mes bas et ceux de mon frère. Cet homme-ci est plus fort que celui-là. Cette table-ci est plus haute que celle-là. Je parle (speak) de ce jardin-ci et de celui-là, de cette maison-ci et de celle-là. Je pense à cet enfant-ci et à celui-là. Ces chapeaux-ci sont plus jolis que ceux-là. Ces enfants-là sont plus appliqués que ceux-ci. Ces pommes-là sont meilleures que celles-ci. Ce cheval-ci est plus petit que celui-là, mais celui-ci est plus fort. Celui-ci est riche, celui-là est pauvre.

60.

I have lost my pencil and that of my brother. We have found your watch and that of your friend. My shoes are smaller than those of my cousin, but yours are the smallest. My mother loves her children and those of our gardener. I have received your letters and those of your sister. This bird is handsomer than the one which you have seen in our garden. This book is more useful, than that one. This house is higher than that one. That girl is more amiable than this one. These merchants are richer than those. My pen is better than yours, but that of your cousin is the best.

61.

Leur, *sing.* leurs, *plur.* lörr, ·their.

Ma soeur a perdu sa plume et son crayon. Ta cousine a trouvé ses bas et ses gants. Nos frères ont vendu leur cheval et leur chien. Nos soeurs ont vendu leur jardin et leur maison. Les fils de mon voisin ont perdu leurs livres et leurs plumes. Ma tante est dans son jardin. Mes amis sont dans leur jardin. Le jardinière a reçu des lettres de son fils. Mes cousins ont reçu des cadeaux de leur père. Notre voisine a envoyé cinq écus à sa fille. Ces enfants ont fait un joli cadeau à leur oncle; ils ont écrit une lettre à leur tante qui est à Paris. Ma fille pense toujours à ses amies qui sont à Berlin. Les soldats ont perdu leurs généraux. Henri et Jean ont perdu leur mère; ils sont très tristes.

62.

The queen has lost her children. My aunt has written a letter to her uncle, who is in Liverpool. Your brothers have lost their friend. **My** sisters have also lost their friends, *f.* Our neighbor, *f.* is (has) set out with her mother. Thy cousins are (have) arrived with their father. These children have lost their hats. The horses have their labors (works). Charles and William have sold their dog.

63.

Le premier, lŭ-prŭ-me̱ey′, the first; le second, lŭ-sŭ-gon⁴′, the second; le troi sième, lŭ-troo̱_â-zee̱_aim′, the third; le dernier, lŭ-derr-nee̱_ey′, the last; Chrétien, krey-te̱_an⁴′, Christian; méchant, mey-shân⁴′ wicked, naughty; modeste, mo-dest′, modest.

Ce jeune homme est très appliqué; il est le premier de la classe; Charles est le second; le modeste Henri est le troisième; Jean est le quatrième; le bon Guillaume est le cinquième; Chrétien est le sixième; le petit Godefroi est le septième; Paul est le huitième; François est le neuvième; Erneste est le dixième; le méchant Edouard est le onzième; Gustave est le douzième; Adolphe est le treizième; George est le quatorzième; Louis est le dernier. Deux est la cinquième partie de dix. Cinq est la quatrième partie de vingt. Un jour est la septième partie d'une semaine.

64.

Louisa is the first of the class; Mary is the second; the good Josephine is the third; Henriette is the fifth; the modest Sophia is the ninth; Matilda is the fifteenth; the naughty Caroline is the last. A week is the fourth part of a month, and a month is the twelfth part of a year.

65.

Qui, kee, who; de qui, dŭ-kee′, of whom; à qui, â-kee′, to whom; pour qui, poor-kee′, for whom; le médecin, lŭ-meyd-san⁴′, the physician; le domestique, lŭ-do-mai-steek′, the man-servant; la servante, lâ-serr-vân⁴t′, the maid-servant; ici, ee-see′, here; là, lâ, there.

Qui est là? C'est le médecin; c'est la servante; c'est moi. Qui est cet homme-là? C'est le domestique; c'est le fils du jardinier. Qui sont ces enfants-là? Ce sont les enfants du médecin; ce sont les filles de la servante. De qui avez-vous reçu ces cadeaux? Du fils de notre voisine. A qui est ce chapeau? C'est celui de mon frère. A qui est cette montre? C'est celle de ma soeur. A qui sont ces gants? Ce sont ceux de ma cousine. A qui sont ces bottes? Ce sont celles de mon cousin. Voici ton livre; celui-là est le mien. Voilà ta cravate; celle-ci est la mienne. Voilà tes chemises; celles-ci sont les miennes. A qui avez-vous donné la corbeille? A la servante. A qui avez-vous écrit? À l'oncle de mon ami. Où est votre frère? Il est ici dans sa chambre. Chez qui avez-vous acheté ces crayons? Chez le libraire. Pour qui sont ces oiseaux? Pour mon frère.

66.

Who is there? It is the shoemaker; it is Henry. Who is that woman? It is (she is) the wife of the cabinet-maker; it is the maid-servant of the physician. Who are those girls? They (ce) are the daughters of the merchant, it is Louisa and Henriette. To whom have you lent your pen-knife? I have lent mine to Charles, and my sister has lent hers to the son of the servant. To whom is (belongs) this dog? It is the one of our neighbor. To whom is (belongs) this flower? It is that of my sister. To whom are (belong) these stockings? They are those of our maid-servant. To whom are (belong) these letters? They are those of our aunt. For whom are these books? For my two children, for William and Josephine.

67.

Monsieur, mos-se_ŏ′, Sir, Mr.; Messieurs, mes-se_ŏ′, Gentlemen; Madame, mâ-dâm′, Madam, Mistress; mesdames, may-dûmm′, Ladies; Mademoiselle, mâd-moo_â-zell′, Miss, young lady; mesdemoiselles, maid-moo_â-zell′, young ladies; ce monsieur, sǎ-mos-see_ŏ′, this gentleman; ces messieurs, say-mes-see_ŏ′, these gentlemen; cette dame, set-dâmm′, this lady; ces dames, say-dâmm′, these ladies; cette demoiselle, set-dǎ-moo_â-zell′, this young lady; ces demoiselles, say-dǎ-moo_â-zell′, these young ladies; bien, be_an ᴱ′, well; le bien, lǔ-be_an ᴱ′, the good; la bonté, lâ-bon ᴱ-tey′, the goodness, kindness; dites, deet′, say, tell.

Monsieur Mably est un honnête homme; il a une très bonne femme, et ses enfants sont très sages. Madame Mably est une femme très modeste; elle aime ses enfants et elle fait du bien aux pauvres. Mademoiselle Ninon est très aimable, elle a beaucoup de bonté pour moi; elle fait souvent des cadeaux à mes enfants. J'ai vu messieurs Moll; ils sont arrivés cette semaine; mais ils sont très tristes, ils ont perdu leur mère. Avez-vous aussi vu les demoiselles B. qui sont arrivées avec leur père? J'ai trouvé le père chez monsieur Nollet, mais les demoiselles sont malades. Qui est ce monsieur-là? C'est un médecin; c'est celui que vous avez vu chez moi. Mais dites-moi, qui est cette dame-là? C'est la cousine de monsieur Mably; c'est la soeur de Madame Ninon. A qui sont ces chevaux? Ce sont ceux de messieurs Moll. A qui avez-vous écrit? J'ai écrit à monsieur S. qui est à Vienne, et à madame N. qui est à Bruxelles.

68.

Have you seen Mr. Rogers? He is very tall and very strong. Where is Mrs. Olivier? She is (has) departed this week for Trenton. Have you seen the sisters of Mr. Moll? They are still very young, but they are very amiable. To whom is (belongs) this dog? It is mine; it is the one which I have received from Mr. Nollet. To whom is (belongs) this meadow? It is that of Mr. B., who is in Boston. Who are those gentlemen? They are the brothers of the physician. Who are those ladies? This is Mrs. Ninon, and that is the daughter of Mr. Mably.

69.

Je suis, zhǎ-sü_ee′, I am.
tu es, tü-ay′, thou art.
il est, eel-ay′, he is.
nous sommes, noo-somm′, we are.
vous êtes, voo-zayt′, you are.
ils sont, eel-son ᴱ′, they are.

venu, vǎ-nü′, come; le matin, lǔ-mâ-tân ᴱ′, the morning; la visite, lâ-vee-zeet′, the visit; la raison, lâ-rai-zon ᴱ′, the right; le tort, lǔ-torr′, the wrong; la famille, lâ-fâ-meel ᵞ, the family; parce que, parrss′-kǎ, because; déjà, dey-zhâ′, already.

Où est ton frère? Est-il ici? Il est malade, il est dans sa chambre. Je suis arrivé ce matin. Avec qui es-tu venu? Je suis venu avec madame B. qui est aussi malade. As-tu déjà fait une visite à monsieur Mably? J'ai déjà fait une visite à toute la famille. J'ai beaucoup de livres et d'amis, je suis très content. Celui qui est content est riche. Nous sommes riches, parce que nous sommes toujours contents. Vous avez raison, et ma soeur a tort. Vous êtes encore jeunes, mais vous êtes plus sages qu'elle. Ces demoiselles-là sont très aimables; elles ont un oncle qui est très riche; il a acheté ce grand château-là, tous ces jardins et toutes ces prairies.

70.

Are you my friend? I am yours. I am poor, and you are rich. My brother is (has) arrived this morning from Paris. He is (has) come with Mr. Moll, who is his friend. Thy sister is (has) set out. With whom is (has) she set out? With her cousin, with Miss N. Have you seen Mrs B.? It (she) is the best woman of (in) the world; she has much kindness for (is very kind to) my father. She has given to my brother a dozen of pocket-handkerchiefs, and to my sister six pair of gloves. We are poor but we are contented. You have little money but you are always industrious. The one (he) who is always modest and industrious, has always money and friends.

71

J'étais, zhey-tay′, I was;
tu étais, tü-ey-tay′, thou wast
il était, eel-ey-tai′, he was;
on était, on-ney-tai′, one was;
nous étions, noo-zey-te_on⁵′, we were;
vous étiez, voo-zey-te_ey′, your were;
ils étaient, eel-zey-tay′, they were;

autrefois, o-tr-foo_â′, formerly; heureux, ö-rö′, m., heureuse, ö-rö'z′, happy; malheureux, mâl-ö-rö′, unhappy; paresseux, pâ-res-sö′, idle; vertueux, verr-tü-ö′, virtuous; à présent, â-prey-zân⁵′, now, at present; ordinairement, orr-dee-nairr-mân⁵′, usually, commonly.

Cette famille était toujours très heureuse. Le père était un très honnête homme, la mère était une femme modeste et vertueuse. Leurs enfants étaient sages et appliqués. Mon voisin était autrefois riche; mais ses enfants étaient très méchants et très paresseux. Ceux qui sont paresseux, sont ordinairement pauvres; mais ceux qui sont appliqués, sont riches et contents. Tu étais toujours heureux, parce que tu étais sage et vertueux. L'homme vertueux est toujours heureux; mais celui qui est méchant est malheureux. Cette mère-là est heureuse, parce qu'elle aime ses enfants qui sont vertueux et appliqués; mais ces femmes-là étaient toujours tristes et malheureuses, parce qu'elles étaient méchantes et paresseuses. Nous étions autrefois riches, et vous étiez pauvres; mais à présent nous sommes pauvres, et vous êtes riches. Nous étions toujours amis. Tu étais l'ami de mon frère, et moi j'étais l'ami de ton cousin. Mes frères étaient toujours dans votre jardin, et moi j'étais toujours dans celui de notre voisin.

72.

Where were you this morning? I was at my uncle's who is (has) arrived from Frankfort. My brother and I, we were with your father. Your aunt was (had) already departed. Where were you now? We were now with Mr. Mably, who has very amiable daughters. These young ladies were always modest and virtuous. Mr. Polo was formerly very rich, but now he is very poor. We were formerly unhappy, but now we are happy, more happy than you. You were in our garden and we were in yours. Where was your sister? She was with her aunt. Your aunt is very unhappy; she has lost all her children.

73.

J'avais, zhâ-vay', I had;
tu avais, tü-â-vay', thou hadst;
il avait, eel-â-vai', he had;
on avait, on-nâ-vai', one had;
nous avions, noo-zâ-ve͜on', we had;
vous aviez, voo-zâ-ve͜ey', you had;
ils avaient, eel-zâ-vay', they had;

les parents, lay-pâ-rân', the parents; le commerce, lă-ko-merrss', commerce, trade, business; le nombre, lă-non'-br, the number; le banquier, lă-bân²-ke͜ey', the banker; l'un, lön², the one; l'autre, lo'-tr, the other; connu, kon-nü', known; lorsque, lorss'-kŭ, when.

L'orsque j'avais encore mes parents, j'étais très heureux. Mon père était riche; il avait beaucoup de maisons, de jardins et de prairies. Ma mère était d'une bonne famille; nous avions un grand commerce. Deux de mes oncles étaient banquiers. J'ai bien connu vos parents. Vous aviez un grand nombre de domestiques et de servantes. Vos frères avaient des chevaux et des chiens; ils étaient toujours contents. Tu étais encore jeune, lorsque ton père avait tant de malheurs. Tes soeurs étaient amies des miennes; elles avaient aussi beaucoup de bonté pour moi. Avez-vous aussi connu mes oncles? J'ai très bien connu vos deux oncles; l'un était un homme grand et fort, l'autre était très petit. Celui-ci était le meilleur homme du monde; il avait un fils que j'ai souvent vu chez monsieur Nollet; c'était un jeune homme très aimable.

74.

We had this week the visit of Messrs. Moll, who are (have) arrived with their sisters. You had many friends, when you were still young. We had more books than you. Our uncle had formerly a great number of birds and dogs. You were always very contented, when you had still your parents. These two assiduous merchants were formerly very lucky; they had a large business. I had two brothers, the one was in Paris the other in Berlin. (Did you know), have you known my two brothers? I have known the one, who was in Paris, the other was younger than I. But tell me, where is your cousin now, who always had so many flowers? He is set out for America.

75.

Eu, ü, had; lu, lü, read; pris, pree, taken; mis, mee, laid; allé, âl-ley′, gone; le plaisir, lă-plai-zeerr′, the pleasure; l'affaire, lâ-fairr′, the affair, business, transaction; ensemble, ân͡ᵉ-sân͡ᵉ′-bl, together; hier, e͜ayrr′, yesterday; aujourd'hui, o-zhoor-dü͜ee′, to day.

Avez-vous eu mon crayon? J'ai eu votre plume. Nous avons eu beaucoup de plaisir. Tu as eu aujourd'hui peu d'affaires. Mon frère a eu tort. Mes soeurs ont eu raison. J'ai trouvé hier ton frère; nous sommes allés ensemble chez ton oncle qui était malade. Où as-tu mis ma chemise? J'ai mis ta chemise sur une chaise. Qui a pris ma cravate? Aujourd'hui tu as perdu tout. J'ai cherché aussi mes bottes et mes souliers. On a tout pris. Donnez-moi, s'il vous plaît, mes gants et mon mouchoir. Voici vos bas et votre montre. Avez-vous lu ce livre? C'est un livre très utile. J'ai lu ce livre avec beaucoup de plaisir. J'ai lu aussi le livre que Henri a prêté à ma soeur. Avez-vous des affaires aujourd'hui? Nous avons ordinairement beaucoup d'affaires. J'ai envoyé ce matin mon frère chez le banquier. J'ai vu votre frère; il est parti pour la campagne avec mon cousin. Oh, le petit méchant!

76.

Where have you put my pocket-handkerchief? I have put your pocket-handkerchief and your stockings in the trunk. Your brothers have placed their gloves upon the table. Have you taken my pen? Here is a pen; it is that of my brother (my brother's); but where is mine. This is my cousin's; there is also yours. Where are you gone (did you go) this morning? We are gone to the Shoemaker. Yesterday we were together at the merchant's, who sells linen and pocket-handkerchiefs. He does much business (affaires). Who has had my penknife? I have had your penknife. Have you read the book, which I have lent to the sister of Louisa? We have read a little in this book. It has made (given) much pleasure to the little Henrietta (to little H).

77.

J'ai été, zhey-ey-tey′, I have been;
tu as été, tü-â-zey-tey′, thou hast been;
il a été, eel-â-ey-tey′, he has been;
elle a été, ell-â-ey-tey′, she has been;
on a été, on-nâ-ey-tey′, one has been;
nous avons été, noo-zâ-von͡ᵉ-zey-tey′, we have been;
vous avez été, voo-zâ-vey-zey-tey′, you have been;
ils ont été, eel-zon͡ᵉ-tey-tey′, they have been, m.;
elles ont été, ell-zon͡ᵉ-tey-tey′, they have been, f.

Qui a été là? Monsieur Sicard a été ici; il a mis ce livre-ci sur la table. As-tu été chez le cordonnier? J'ai été hier chez le cordonnier; il a déjà fait vos bottes. Ces enfants ont été malades toute la semaine; ils ont mangé trop de fruit dans le jardin du roi. Vous avez été malheureux dans vos affaires, mais nos frères ont été très heureux. Cette mère a toujours été vertueuse, mais ses enfants ont toujours été paresseux. Mon voisin a été l'homme le plus riche de la ville. Où avez-vous été ce matin? Nous avons été chez Charles qui est toujours triste, parce que sa mère est partie. Mes soeurs ont été très contentes; elles ont eu beaucoup de plaisir. Madame Sicard est très aimable; elle a été aujourd'hui chez mon oncle. Ce jeune homme a été à Vienne, et ses soeurs ont été à Berlin.

78.

We have been yesterday in the garden of the neighbor, where we have had much pleasure. We have eaten apples and pears. You are very happy; have you seen also his trees and his flowers? We have seen all (every thing). We have been very contented, but our sisters have been very naughty; they have taken fruit, which the gardener had placed in a small basket for Josephine. When the neighbor is come (came) he has said (he said) to my sisters: You are naughty; you have taken the fruit, which was for your cousin. My sisters have wept and have been very sorry. Your neighbor is an honest man, he has always been the friend of those, who are virtuous.

79.

ne-pas, nă-pâ', not.

Je ne suis pas, zhă-nă-sü_ee-pâ', I am not;
tu n'es pas, tü-nay-pâ', thou art not;
il n'est pas, eel-nay-pâ', he is not;
nous ne sommes pas, noo-nă-somm'-pâ', we are not;
vous n'êtes pas, voo-nayt-pâ', you are not;
ils ne sont pas, eel-nă-sonᵗ-pâ', they are not;
Je n'ai pas, zhă-ney-pâ', I have not;
tu n'as pas, tü-nâ'-pâ', thou hast not;
il n'a pas, eel-nâ-pâ', he has not;
nous n'âvons pas, noo-nâ-vonᵗ-pâ', we have not;
vous n'avez pas, voo-nâ-vey-pâ', you have not;
ils n'ont pas, eel-nonᵗ-pâ', they have not.

Je ne suis pas malade, je n'ai pas tort. Tu n'es pas content, tu n'as pas assez de bonté pour tes amis. Mon frère n'est pas heureux, il n'a pas d'amis. Ma soeur n'est pas appliquée, elle n'aime pas le travail. On n'est pas vertueux, l'orsqu'on n'aime pas ses parents. Nous ne sommes pas tristes, nous n'avons pas perdu nos livres. Vous n'êtes pas appliqués, vous n'avez pas fait vos thèmes. Vos frères ne sont pas paresseux, ils n'ont pas pleuré. Vos soeurs ne sont pas méchantes, elles n'ont pas pris mes plumes. Les hommes qui sont méchants, ne sont pas heureux. Ceux qui n'ont pas fait leurs thèmes, sont paresseux. Je ne suis pas venu avec votre frère, je n'ai pas lu les livres que vous avez. Beaucoup de livres ne sont pas utiles.

80.

I am not rich, but I am contented. I have not drunk of this wine. You are not the first of the class, and you have not made the best exercise. This town is not agreeable. This dog is not faithful. Our neighbour has not bought this house. We are not poor, we have not sold our gardens. You are not unhappy, you have not lost your parents. These exercises are not difficult. These houses are not high. The generals of the king are (have) not arrived. My friends have not found their father, they are not gone to Mr. Rogers. Your sisters have not made (done) their exercises, they are not industrious.

81.

Cruel, cruelle, crŭ-ell', cruel; mortel, mortelle, morr-tell', mortal; immortel, ee-morr-tell', immortal; las, lâ', lasse, lâ'ss, tired; bas, bâ', basse, bâ'ss, low; gros, gro, grosse, gro'ss, stout, big; vif, veef, vive, veev, lively, passionate; actif, âck-teef', active; neuf, nöf, neuve, nö'v, new; le corps, lă-korr', the body; l'ame, lâ'm, the soul; la chèvre, lâ-shai'-vr, the goat; la brebis, lâ-bră-bee', the sheep; l'hyène, lce-ainn', the hyena; ne—pas, nă-pâ, not; ne—point, nă-po_an', not, none, no; ne—plus, nă-plü, no more, not any more; ne—jamais, nă-zhâ-may', never; pas encore, pâ-zân⁵-korr', not yet; si, see, aussi, o-see', so, as; ce n'est pas, să-nay-pâ', that is not; ce ne sont pas, să-nă-son⁵-pâ', they are not, these are not; il n'y a pas, eel-ne_â-pâ', there is not, there are not.

La brebis est un animal utile. La brevis n'est pas si vive que la chèvre. Les chèvres sont des animaux très vifs. Le corps est mortel, mais l'ame est immortelle. L'hyène est cruelle; le tigre n'est pas si cruel que l'hyène. Ma cousine n'est pas active; elle fait peu de plaisir à ses parents. Cette pauvre femme est lasse. Ces animaux sont très gros. Vous avez là une grosse pomme. La maison du jardinier est très basse. Toutes les maisons de cette ville sont basses. Mon chapeau est neuf. Cette corbeille n'est pas neuve. Je n'ai point de domestique : Jean est parti, et Henri n'est pas encore arrivé. Guillaume n'est plus chez moi. Mon père n'a plus de domestiques. Ce n'est pas bien fait. Ce ne sont pas vos gants, ce sont les miens. Ce n'est pas votre chapeau, c'est celui de mon frère. Il n'y a pas de fruit dans ce jardin. Je n'ai jamais vu le roi, et ma mère n'a pas encore vu la reine. Mon oncle n'est pas si riche que mon voisin; il n'a pas tant de chevaux et de chiens.

82.

All men are mortal. The soul of the man (of man) is not mortal. These animals are very cruel. This woman is not cruel. Are you tired, my children? I am not yet tired, but my sister is very tired. My shoes are new, but my boots are not new. This child is very lively; its sisters are not so lively. Our servant is an idler, but our servant-maid is very active. Our servants (f.) are not so active as yours. This letter is not well written; it is not written as well as that of your sister. Your cousin is very ill-behaved; he has no more friends. That is not my cousin, that is the friend of my cousin. Where are my stockings? These are not yours, they are those of my brother. We have been yesterday with the gardener, we have never had more pleasure.

83.

Beau, bo, bel, bel, * belle, bell', handsome, beautiful, fine; nouveau, noo-vo', nouvel, noo-vel',* nouvelle, noo-vell', new; doux, doo, douce, dooss, sweet, soft, mild; faux, fo, fausse, fo'ss, false; frais, fray, fraîche, fraish, fresh, cool; sec, seck, sèche, saish, dry; blanc, blân⁵, blanche, blânsh, white; long, lon⁵, longue, lon⁵g, long; vieux, ve_ö', vieil, ve_el',* vieille, ve_el', old; la fourchette, lâ-foor-shet', the fork; la main, lâ-man⁵', the hand; le cheveu, lă-shă-vö' (lă-sh'vö'), the hair.

---

* bel, nouvel and vieil are used before a masculine word beginning with a vowel or silent h.

3

Voilà un bon couteau et une bonne fourchette. Mes couteaux sont aussi bons que les vôtres, mais vos fourchettes sont meilleures que les miennes. Mon mouchoir est blanc; cette toile n'est pas si blanche. Mon gant est sec, mais votre cravate n'est pas encore sèche. Ce jardin est long. Ma soeur a les cheveux très longs. Vos mains ne sont pas si longues que les miennes. Donnez-moi, s'il vous plaît, du pain frais. Avez-vous de l'eau fraîche? Voilà un beau château. Ces châteaux sont très beaux. Vous avez là une belle fleur. Cet homme est déjà vieux. Sa femme est vieille aussi. Ce vin n'est pas doux. Ces poires sont plus douces que ces pommes. J'ai reçu un nouveau livre et une nouvelle plume. Le chat est faux, mais la brebis n'est pas fausse.

84.

My mother has bought a dozen of knives and forks. This sugar is white, but this flour is still whiter. The ham which you have received is not fresh, but this mustard is fresh. Mr. Rogers is very handsome, his sister is still handsomer; she has the handsomest hair of the world. These lemons are dry; but these pears are still dryer. Henry has given an apple to my brother, which is very sweet. Our old servant (*f.*) is sick. Frank has received a new penknife and a new watch. My letter is not so long as yours. These girls are very mild; they are not as false as your cousins.

85.

Quel, quelle, kell', which, which one; quels, quelles, kell', which, which ones; le temps, lŭ-tânͬ, the time, the weather; l'âge, lä'zh, the age; l'heure, lörr, the hour; le quart, lä-karr', the quarter; midi, mee-dee', noon, twelve o'clock; minuit, me-nü‿ee', midnight, twelve o'clock at night; quinze jours, kanͬz-zhoor, a fortnight; trois mois, troo‿â-moo‿â', three months; six mois, see-moo‿â', six months; tard, tarr, late; depuis, dä-pü‿ee', since.

Quel livre as-tu perdu? Quelle plume as-tu là? De quel jardinier as-tu reçu ces pommes? A quelle pauvre femme as-tu donné ton pain? A celle-ci. Chez quel marchand avez-vous acheté cette belle toile? Chez celui qui est arrivé hier. Dans quels livres avez-vous lu? Dans ceux-ci. Avec quelles dames êtes-vous venus? Avec celles-là. Quelle heure est-il? Il est six heures; il n'est pas encore sept heures; il est huit heures et demie. Il est tard; il n'est pas encore tard. A quelle heure êtes-vous arrivés? Nous sommes arrivés à neuf heures et un quart, à dix heures et trois quarts. Ma soeur est arrivée à midi, à midi et demi. Votre oncle est parti depuis trois mois, et votre tante depuis six mois. Quel âge a votre cousin? Il a seize ans, mais ma cousine n'a pas encore douze ans. Combien de temps avez-vous été à Berlin? J'ai été neuf mois à Berlin, et quinze mois à Francfort. Je suis arrivé il n'y a pas encore quinze jours. J'ai vu votre frère à Cologne il y a trois semaines; il est grand et gros.

86.

Which knife have you found? What flowers have you there? Upon what table have you put my penknife? What shoemaker has made your shoes? At what bookseller have you bought these pencils? In what towns

have you been ? To what children have you written? What o'clock is it?
It is one o'clock, it is not yet half past one. Tell me, if you please, what
o'clock it is. It is a quarter to eleven. At what o'clock are you set out
(did you)? At midnight. Where is your cousin? He is (has been) in
Brussels since (these) three months. How long have you been (were you)
in Paris? We have been (we were) a fortnight in Paris. What age have
you (how old are you)? I am twenty years old and my brother sixteen.
Your father is very old.

87.

Je n'étais pas, zhă-ney-tay-pâ′, I was not.
je n'avais pas, zhă-nâ-vay-pâ′, I had not.
sorti, sorr-tee′, gone out; dormi, dorr-mee′, slept.

Vous étiez sorti ce matin, lorsque je suis arrivé. Vous n'êtes pas venu
à huit heures; il était plus tard. Mon frère n'était pas sorti, il n'avait pas
encore fait ses thèmes. J'étais malade hier; je n'avais pas dormi toute la
nuit. Mes soeurs n'étaient pas allées avec moi; elles n'avaient pas encore
écrit leurs lettres. Lorsque j'étais à Munster, je n'avais pas tant d'amis
qu'aujourd'hui; je n'étais pas si content. Vous n'étiez pas si actifs, vous
n'aviez pas tant d'affaires. Mon cousin et moi, nous n'étions jamais plus
heureux qu'à présent. Quelle heure était-il lorsque votre père est parti?
Il n'était pas encore onze heures. Mes cousines n'étaient pas encore sorties.
J'ai envoyé la servante chez le cordonnier; je n'avais plus de souliers. Quel
âge avait votre frère, lorsqu'il était à Cologne? Il avait dix ans, dix ans et
demi. Nous n'étions pas ensemble : il était à Cologne et moi, j'étais à
Dusseldorf.

88.

Have you slept well? I have not slept well. You were not here yesterday. We were (had) gone out. We had nothing more to do. These
gentlemen were not so rich formerly, and these ladies had not so many
friends. (f.) You were not so contented, you had not so much pleasure as
now. At noon my brothers were (had) not yet arrived; my parents had
not yet received any letters. Were you sick yesterday? We were not sick;
we are (did) not come, because we had not the time. At what o'clock is
one (have they) left? Some (les uns) were (had) already departed at five
o'clock, the others are gone a little later.   •

89.

Je n'ai pas été, zhă-ney-pâ-zey-tey′, I have not been.
je n'avais pas été, zhă-nâ-vay-pâ-zey-tey′, I had not been.
personne—ne, pairr-sonn'-nă, nobody; rien—ne, re͜an'′-nă, nothing; longtemps,
lon⁴-tân⁴, a long time; quand, kân⁴, when; que, kă, that.

J'ai été ce matin chez mon oncle, où j'ai trouvé monsieur Moll que je
n'avais vu depuis trois ans. Vous n'avez pas été hier dans le jardin de votre
tante. Il y a longtemps que je n'ai été chez cette bonne femme. Mes enfants n'ont pas été malades. Nous n'avons jamais été dans cette ville. Mon
frère n'a jamais été plus content qu'aujourd'hui. Mon fils, tu n'as pas été
appliqué, tu n'as pas fait tes thèmes. Mes enfants, vous n'avez pas été

sages, vous avez mangé tout mon fruit. Nous n'avons rien mangé, nous n'avons pas été dans votre chambre. Personne n'a été ici; personne n'a pris vos pommes. Rien n'est plus beau; vous n'avez rien pris, vous n'avez vu personne, et mes pommes ne sont plus dans mon coffre. Depuis quand êtes-vous ici? Il n'y a pas encore longtemps que nous sommes ici; il y a une heure et demie.

90.

Nobody is more unhappy than this young man. He is never satisfied, he has no friends, he loves nobody. Hast thou seen my uncle? He has not yet been at my father's. We have not been (were not) long in Cologne. You have not been fortunate in your affairs (business), you have not had much good luck. Your brothers have not been so unfortunate, they have sold much. You have not been industrious. Thou hast done nothing. I have done nothing, because I am sick. Since when are you (have you been) sick? Since yesterday. Your sisters have not been idle, they have done all. This poor child has eaten nothing. My brothers have written nothing.

91.

Ne suis-je pas, nă-sü_ee-zhă-pâ', am I not?
n'étais-je pas, ney-tay-zhă-pâ', was I not?
n'ai-je pas été, ney-zhă-pâ-zey-tey', have I not been?
n'avais-je pas été, nâ-vay-zhă-pâ-zey-tey' had I not been?

n'ai-je pas, ney-zhă-pâ', have I not?
n'avais-je pas, nâ-vay-zhă-pâ', had I not?
n'ai-je pas eu, ney-zhă-pâ-zü', have I not had?
n'avais-je pas eu, nâ-vay-zhă-pâ-zü', had I not had?

Ne suis-je pas très heureux? N'ai-je pas beaucoup de plaisir? N'es-tu pas content? N'as-tu pas assez? N'est-il pas encore venu? N'a-t-il pas écrit? N'est-elle pas aimable? N'a-t-elle pas beaucoup de bonté pour moi? Ne sommes-nous pas appliqués? N'avons-nous pas fait beaucoup de thèmes? N'êtes-vous pas les amis de mon cousin? N'avez-vous pas connu mon oncle? Voilà mes frères; ne sont-ils pas très las? N'ont-ils pas trouvé leurs amis? Voilà aussi mes soeurs; ne sont-elles pas tristes? N'ont-elles pas perdu leurs livres? N'étais-je pas autrefois l'homme le plus heureux du monde? N'avait-il pas toujours les plus beaux chiens? N'étions-nous pas plus riches que nos voisins? N'étiez-vous jamais à Paris? N'aviez-vous pas encore vu cette ville? N'ai-je pas été souvent dans cette maison? Depuis quand n'as-tu pas été chez mon oncle? N'a-t-il jamais été dans notre jardin? N'avez-vous pas été méchants? N'ont-ils pas été les premiers? N'ont-elles pas été les dernières? N'avions-nous pas toujours été les plus actifs?

92.

Am (have, did) I not come? Hast thou no bread? Is it not yet time? Has he said nothing? Have we no more pears? Are you the servants of my uncle? There are my children, have they not wept? Were you not here yesterday? Had he not yet watered his flowers? Were we never together? Had you never seen these birds? There are your sisters; were they not long in Bordeaux? Have you not been with the physician to-day? Has he not had my penknife this morning? Have we not been always with our uncle? Have you not yet eaten any cherries? Have you never been in this house? Had you not yet lost your parents when you were at Cologne? Had you not yet been in Quebec?

93.

J'aurai, zho-rey', I shall have.
tu auras, tü-o-râ', thou wilt have.
il aura, eel-o-râ', he will have.
nous aurons, noo-zo-ron', we shall have.
vous aurez, voo-zo-rey', you will have.
ils auront, eel-zo-ron', they will have or get.

Je serai, zhă-s'rey', I shall be.
tu seras, tü-s'râ', thou wilt be.
il sera, eel-s'râ', he will be.
nous serons, noo-s'ron', we shall be.
vous serez, voo-s'rey', you will be.
ils seront, eel-s'ron', they will be.

demain, dă-man', to-morrow.

Seras-tu aujourd'hui dans ton jardin? Auras-tu des affaires? Nous aurons beau temps. Vous n'aurez pas la visite de ces messieurs. A quelle heure serez-vous chez votre oncle? Quel âge a votre frère? Il aura dix ans dans peu de jours. Où seront demain vos soeurs? Elles ne seront pas encore à Bruxelles. Quand vous serez à N., vous aurez beaucoup de plaisir. Si vos cousines sont parties, elles auront beau temps. Dans trois jours je serai chez mes parents. Ne serez-vous pas trop las? Nous serons contents, quand nous aurons reçu cet argent. Ma soeur sera contente, quand elle aura fait son thème. Dites au domestique que je serai dans ma chambre. Tu auras cet oiseau, quand tu seras appliqué. N'aurai-je pas aussi ce beau canif que mon père a acheté? Vous aurez un chapeau neuf, et vos soeurs auront une douzaine de mouchoirs. Quand vous aurez été à Paris, vous ne serez plus si modestes. Ma cousine ne sera plus si triste, quand elle aura vu ses parents. Ces enfants auront été très sages, ils auront eu beaucoup de plaisir.

94.

I shall have (get) to-morrow pears and apples; I shall be always industrious. You will have paper, ink and pens, when you will be good. My sister will have a dozen pocket-handkerchiefs, three pair of stockings and two pair of gloves. Shall we have to-day vinegar, flour and cheese? Will you be always as happy as to-day? Will you not often have (receive) the visit of your friends? When will you have your new boots? These children will be tired. Your sisters will not be so unfortunate as me (I). The generals will have no more soldiers. Our gardener will have no more flowers. He will be very sad.

95.

J'aurais, zho-ray', I should have.
tu aurais, tü-o-ray', thou wouldst have.
il aurait, eel-o-rai', he would have.

nous aurions, noo-zo-re͝on'', we should have.
vous auriez, voo-zo-re͝ey', you would have.
ils auraient, eel-zo-ray', they would have.
si j'avais, see-zhâ-vay', if 1 had; si j'avais eu, see-zhâ-vay-zü', if I had had.

Je serais, zhǎ-s'ray', I should be.
tu serais, tü-s'ray', thou shouldst be.
il serait, eel-s'rai', he would be.
nous serions, noo-sǎ-re͝on'', we should be.
vous seriez, voo-sǎ-re͝ey', you would be.
ils seraient, eel-s'ray', they would be.
si j'étais, see-zhey-tay', if I were; si j'avais été, see-zhâ-vay-zey-tey', if I had been.

Je serais plus heureux, si j'avais des livres et des amis. J'aurais plus de plaisir, si mes cousins étaient ici. Tu ne serais pas si riche, si tu n'avais pas fait tant d'affaires. Charles n'aurait pas trouvé son père, s'il était arrivé un peu plus tard. Louise ne serait pas si triste, si elle avait ces belles fleurs-ci. Nous ne serions pas encore venus, si nous n'avions pas reçu une lettre de notre père. Beaucoup d'hommes seraient plus heureux, s'ils étaient plus actifs. Ces filles ne seraient pas si méchantes, si elles n'avaient pas perdu leur mère. Si tu avais eu des amis, tu aurais été plus content. S'il avais eu de l'argent, il aurait acheté ces couteaux. Si je n'avais pas été chez le médecin, je serais très malade. Si vous aviez été plus sage, vous n'auriez pas été malheureux. Si je n'avais trouvé personne, je serais allé chez mon oncle. Si nous n'avions rien fait, nous aurions été très paresseux. Mon père a dit que nous aurions demain un autre domestique. Ma mère a écrit qu'elle serait dans deux jours à N., si le temps était beau.

96.

Would you be satisfied if you had all these flowers? Robert would not have sold his dog, if he had not received another. Henrietta would not have left, if she were not sick. If we had not so many friends, we should have little pleasure. Would you not be very ill-behaved, if you had taken these knives? These parents would not be so happy, if their children were not so industrious and so modest. Nobody would not be richer than our neighbor, if he had not had so much bad luck. This nation would not be so unhappy, if it (they) had a better king. We should have gone to our aunt, if the weather had been finer. This shoemaker would not be so poor, if he had not been so lazy. My cousins would not have been so sad, if they had received letters from their father.

97.

Votre frère est-il malade, votr-frairr' ay-teel-mâ-lâd', is your brother sick? Sa sœur n'est-elle pas venue, sû-sörr' nay-tell-pâ-vŭ-nü', is her (his) sister not come? Ces enfants ont-ils été sages, say-sân͝-fan'' on͝-teel-ey-tey-sâzh', have these children been good?

Ce chien est-il fidèle? Cet écu n'est-il pas faux? Monsieur Sicard n'est-il pas encore arrivé? Vos enfants sont-ils malades? Cette chemise n'est-elle pas très blanche? Votre voisin a-t-il reçu des lettres de son fils? La campagne n'est-elle pas plus agréable que la ville? Henriette n'a-t-elle

pas été plus appliquée que Joséphine? Votre tante n'avait-elle pas autrefois un grand commerce? Votre oncle n'était-il pas le plus riche libraire
de la ville? Ce marchand ne vend-il pas aussi de la toile? Ces arbres-ci
ne sont-ils pas plus hauts que ceux-là? Ces maisons-là ne sont-elles pas.
plus belles que celles-ci? Votre cousin n'aura-t-il pas des bottes neuves?
Ta cousine ne sera-t-elle pas très triste, quand sa mère sera partie? Depuis
quand votre fils est-il à Leipsic? Votre soeur a-t-elle bien dormi cette nuit?
Cette chambre ne sera-t-elle pas trop petite? Ces bas seront-ils assez longs?
Ces chaises ne seront-elles pas un peu basses? Ces messieurs ne seraient-ils
pas très riches, s'ils avaient toujours été aussi actifs qu'à présent?

98.

Is this child sick? Is this exercise difficult? Is the moon not smaller,
than the sun? Are not these flowers more beautiful than mine? Has your
neighbor sold his house? Has not God given all to man? Have not men
received every thing from God? Do these meadows belong to the neighbor
of our aunt? Was your cousin yesterday in N.? Were not these children
always more industrious than ours? Has Charles been with the shoemaker?
Has the shoemaker brought a pair of shoes for Henry? Have not these
girls been very industrious? Since when is (has) our servant gone out?
Would not these ladies have been very sad, if they had lost their children?
Will these gentlemen be always the first?

99.

Parler, parr-ley, to speak, to talk; parlé, parr-ley, spoken, talked.
Je parle, zhă-parrl', I speak, I am speaking, I do speak;
tu parles, tü-parrl', thou speakest, thou art speaking, &c.;
il parle, eel-parrl', he speaks, he is speaking;
nous parlons, noo-parr-lon', we speak, we are speaking;
vous parlez, voo-parr-ley', you speak, you are speaking;
ils parlent, eel-parrl', they speak, they are speaking, m.;
aimer, ai-mey', to love; penser, pän-sey', to think; chercher, sherr-shey', to look
for; que, kă, what.

Que cherchez-vous? Je cherche ma plume, et mon frère cherche son
crayon. Nous cherchons notre chien. Ces enfants cherchent leurs livres.
Que pensez-vous de ma soeur? Je pense qu'elle est très malade. Avez-vous
pensé à mon canif? Tu ne penses pas que nous avons perdu tout notre
argent. Nous pensons tous les jours à nos amis. Vous ne pensez jamais
à vos affaires. Les riches ne pensent pas aux malheurs des pauvres. J'aime
ton frère. Aimes-tu aussi mon cousin? Ma mère aime Charles et Godefroi;
elle parle toujours de Henriette et de Louise. Dieu aime celui qui fait le
bien. Nous aimons les enfants du médecin; nous parlons souvent du plaisir
que nous avons eu dans leur jardin. Vous n'aimez pas les fleurs, vous ne
parlez jamais de votre jardin. Les bons enfants aiment leurs parents. Ces
mères sont heureuses; elles parlent avec plaisir de leurs enfants.

100.

I think always to (of) my sister. If you love your parents you will be happy.
Thy aunt is looking for her hat. Our gardener is always talking of his son.

I do not love *the* idle children. We do not speak of those girls, but of those I have always spoken. Have I not spoken well? You speak too much, my friend. *The* sensible men generally speak little, but think much. Have you thought of my books? I have not thought (I did not think) that you would be here. What seek you (are you looking for)? I am (have been) looking for my watch since an hour. You are not looking for it well, nobody has taken your watch, it is (lies) upon the table. Do you like *the* coffee? We do not like *the* chocolate. My aunts like *the* coffee and *the* milk.

101.

Je parlais, zhă-parr-lay', I spoke, I was speaking, I did speak;
tu parlais, tü-parr-lay', thou spokest, wast speaking, &c.;
il parlait, eel-parr-lai', he spoke, was speaking;
nous parlions, noo-parr-le_on'', we spoke, were speaking;
vous parliez, voo-parr-le_ey', you spoke, were speaking;
ils parlaient, eel-parr-lay', they spoke, were speaking.

Autrefois j'aimais le jeu, mais à présent j'aime les livres. Tu n'aimais pas les fleurs, tu parlais toujours de tes chiens et de tes chats. Ce peuple aimait toujours son roi. Ton cousin cherchait encore son chapeau, lorsque nous sommes partis. Nous parlions souvent à votre oncle, lorsque nous étions à N. Vous ne pensiez plus à moi, lorsque j'étais parti. Mes fils n'aimaient pas les affaires; ils étaient toujours paresseux. Si vous ne parliez pas si souvent, vous seriez plus aimables. Notre voisin serait très riche, s'il aimait plus le travail. Ces demoiselles seraient plus contentes, si elles ne cherchaient pas le bonheur dans les plaisirs du monde. Si je n'aimais pas mes parents, je serais très méchant. Henri et moi, nous n'aimions jamais les faux amis; nous cherchions toujours ceux qui étaient fidèles. Louise et Henriette pensaient toujours au jeu; elles ne parlaient jamais de livres et de thèmes. Si j'avais vu que mon canif était ici, je n'aurais pas cherché si longtemps.

102.

I loved formerly this young man, he was always so modest and so sensible. He spoke little, but so well, and he always sought friends who loved better *the* books than *the* wine. We were often together, we never thought of *the* play (gaming). What were you looking for yesterday, when I was speaking to your father? I was looking for my hat, which I had lost. I should have looked still a long time, if your brother had not come. Your mother and mine were speaking together, when the cat has taken (took) the meat. The merchant, whom you were looking for to day, has been here. Who is the young man who was speaking with your father this morning? This (he) is a bookseller, who was formerly very rich, but he liked too much *the* gaming and *the* wine; he is now very poor.   '   .

103.

Je parlerai, zhă-parrl-rey, I shall speak;
je parlerais, zhă-parrl-ray, I should speak.

Je parlerai aujourd'hui à monsieur N. qui est arrivé avec sa soeur. Penserez-vous à mes affaires? Je penserai à vos affaires et aux miennes. Ne chercherez-vous pas le canif que vous avez perdu hier ? Nous chercherons plus tard ensemble. - Tu ne penseras plus à moi, quand tu seras à Paris. Dieu aimera toujours ceux qui sont vertueux. Ces messieurs penseront plus souvent à leurs plaisirs qu'à leurs affaires. Si je parlais aussi bien que vous, je parlerais plus souvent. Si tu avais des livres utiles, tu ne penserais plus au jeu. Mon père n'aimerait pas ce jeune homme, s'il n'était pas si modeste. Nos cousins sont allés chercher leurs amis; nous chercherions aussi les nôtres, s'ils n'étaient pas partis. Vous penseriez plus souvent à vos livres, si vous étiez plus appliqués. Ces jeunes demoiselles n'aimeraient pas tant les plaisirs, si elles avaient moins d'amies.

104.

Will you speak to day to your cousin ? I shall not speak to my cousin to day. You will look for your brother yet a long time ; he is no longer here. Will he think also of my books ? We shall yet often speak of this town. You will no more (longer) like these pleasures. These children will look for their mother. I should speak to the physician, if I were sick. You would not love this dog, if he were not so faithful. Our servant girl would think of all (every thing), if she were not so lazy. We should look for another, if she were not so old. If you had put your boots upon the table, you would not look for them any longer. These gentlemen would not like *the* gaming so much, if they had less money.

105.

Chanter, shân⸲-tey′, to sing; jouer, zhoo-ey′, to play; blâmer, blâ-mey′, to blame; louer, loo-ey′, to praise; travailler, trâ-vâl-yey′ (trâ-vâ‿e-yey′), to work; oublier, oo-ble‿ey′, to forget; écouter, ey-koo-tey′, to hear, to listen ; la chanson, lâ-shân⸲-son′, the song; le violon, lă-ve‿o-lon′, the violin; la flûte, lâ-flü′t′, the flute; la guitare, lû-ghe-tâ′r′, the guitar; le maître, lă-may′-tr, the master; le cahier, lă-kâ-e‿ey′, the copy book; le soir, lă-soo‿arr′, the evening.

Votre frère a chanté une belle chanson, il chante très bien. Chantez-vous aussi ? Je ne chante pas, mais mes frères chantent tous. Vous avez oublié mon cahier ; vous oubliez tout. Voilà mes soeurs ; elles jouent avec leurs amies. Plus tard nous jouerons aussi. Ces enfants ont joué hier ensemble. Le maître a beaucoup blâmé Henriette; il a dit qu'elle ne travaillait pas, qu'elle jouait toujours et qu'elle oubliait tout. Les enfants sages écoutent leur maître. Si vous ne travaillez pas, si vous jouez toujours, vous serez toujours pauvres. Le maître blâme les enfants paresseux, mais il loue ceux qui sont appliqués. Nous ne louons pas votre soeur, parce qu'elle est très méchante. Votre frère joue-t-il du violon ? Mon frère joue du violon, et mes cousins jouent de la flûte. Travaillerez-vous ce soir ? Nous ne travaillerons pas ce soir. Chanteras-tu aujourd'hui ? Mes soeurs chanteront. Autrefois je chantais plus souvent, mais je ne travaillais pas. Vos soeurs écoutaient toujours leurs maîtres, elles travaillaient beaucoup, et elles jouaient très peu. Celui qui ne travaille pas, ne sera jamais riche. Si tu n'écoutes pas Dieu, tes parents et ton maître, tu ne seras pas heureux.

106.

Who has sung this beautiful song? It is my sister, who has sung this song. We have listened (been listening) with pleasure. Does she sing (has she been singing) already a long time? She sings (has been singing) since six months. Do you play the violin? My brother plays the violin but my sister and me (I), we play the guitar. Do your brothers sing also? My brothers sung formerly very well but now they sing no more. Has your brother worked to day? He has worked till noon and he will also work this evening. We should not work so long, if we had not so much business *(pl.)*. Have you forgotten my penknife? I forget nothing; there is also thy copybook and thy pen. Your brother forgets all (every thing), he will also forget his exercise.

107.

Trouver, troo-vey′, to find; donner, don-ney′, to give; porter, porr-tey′, to carry; coûter, koo-tey′, to cost; prêter, pray-tey′, to lend; pleurer, plö-rey′, to weep, to cry; demeurer, dă-mö-rey′, to dwell, to live; le drap, lă-drâ′, the cloth; l'habit, lă-bee′, the coat; le tailleur, lă-tâl-yörr′ (tâ‿e-yörr′), the tailor; noir, noo‿arr′, black; excellent, eck-sel-lân″, excellent; comment, ko-mân″, how; pourquoi, poor-koo‿â′, why, wherefore.

Je ne trouve pas mon cahier. Tu ne donnes rien aux pauvres. Cet enfant pleure, il n'a pas de pain. Nous trouvons toujours des amis, quand nous sommes riches. Vous portez toujours des habits noirs. Combien coûte le drap de votre habit? Où avez-vous acheté ce beau canif? Comment trouvez-vous ce vin? Je trouve que ce vin est excellent. Pourquoi pleurez-vous? Nous ne pleurons pas. Où portez-vous ce drap? Nous portons ce drap chez le tailleur. Où demeurez-vous? Je demeure chez mon oncle. Messieurs N. ne demeurent plus ici. Je prêterai mon livre à votre frère, s'il a perdu le sien. Vous ne trouverez jamais le temps long, si vous aimez le travail. Ces enfants pleureront beaucoup, quand leur mère sera partie. Je donnerais cette jolie fleur au fils de notre voisine, s'il était plus sage. Ma cousine ne pleurerait pas, si elle était aussi sage que vous.

108.

What cost (is the price of) these cups? What tailor has made this coat? Where does he live? Why do you not work? Who has found this knife? From (chez) whom have you baught this cloth? Where finds one (can we find) this fine linen? Why did you weep yesterday? How did he find this wine? How many trees will you give to the gardener? To whom will you lend this book? Are these gentlemen (Have these gentlemen been) already living here long? Does your sister always wear black stockings? Since when do you wear (have you worn) this large hat? Would you give your violin for this flute? Does this guitar cost twenty dollars? Will your brother carry all these books? Is this fruit so excellent? How much will this house cost?

109.

Finir, fee-neer', to finish; fini, fee-nee', finished.

Je finis, zhă-fee-nee', I finish;
tu finis, tü-fee-nee', thou finishest;
il finit, eel-fee-nee', he finishes;

nous finissons, noo-fee-nee-son^t, we finish;
vous finissez, voo-fee-nee-sey', you finish;
ils finissent, eel-fee-neess', they finish;

punir, pü-neer', to punish; salir, sâ-leer', to soil; bâtir, bâ'-teer', to build; obéir, o-bey-eer', to obey; choisir, shoo-â-zeer', to choose; remplir, rân^t-pleer', to fill, to fulfil; le devoir, lă-dŭ-voo͜arr', the duty; le ruban, lă-rü-bân^t', the ribbon.

J'obéis à mes parents. Tu choisis les meilleurs fruits. Mon voisin bâtit trois maisons. Nous remplissons nos devoirs avec plaisir. Pourquoi ne punissez-vous pas vos enfants, quand ils sont méchants? Ces messieurs ne remplissent pas leurs verres. Si tu n'obéis pas à Dieu, tu seras malheureux. Dieu punit les méchants. Je ne punis jamais ce jeune homme, parce qu'il est toujours sage. Vous avez bien choisi; ce ruban-ci est le plus beau. N'avez-vous pas encore fini? Ces messieurs ne finissent jamais. Si vous ne finissez pas, je parlerai à votre père. Qui a rempli ces deux verres? Pour qui sont les cadeaux que vous choisissez? Pourquoi ne bâtissez-vous pas? Nous ne bâtissons pas, parce que nous n'avons point d'argent. Vos soeurs ne sont pas sages; elles salissent toujours leurs habits. Ce jeune homme obéit-il à ses maîtres? Ces demoiselles remplissent-elles toujours leurs devoirs?

110.

I have not yet finished my work. Have you already finished yours? We are finishing ours now. Why do you not also finish yours? My sons always finish their tasks. The teacher punishes those, who do not obey. We obey always our teacher. You are very sensible, you always fulfil your duties. Who has soiled this copy-book? It is Henry who dirties all (every thing). We never dirty our copy-books. Which book have you chosen? I have not chosen yet. I choose this one, and my sister that one. You choose too long. Who is building this house? It is the book-seller, who builds this house. One builds (people are building) much in this town. Is this bottle filled? You do not fill the bottles well. There is too little in this bottle.

111.

Je finissais, zhă-fee-nee-say', I finished, was finishing, did finish;
tu finissais, tü-fee-nee-say', thou finishedst;
il finissait, eel-fee-nee-sai', he finished;

nous finissions, noo-fee-nee-se͜on^t, we finished;
vous finissiez, voo-fee-nce-se͜ey', you finished;
ils finissaient, eel-fee-nee-say', they finished.

Charles était autrefois très heureux: il chantait toujours, il jouait avec ses amis, mais il aimait aussi le travail. Nous étions souvent ensemble. Nous finissions toujours les premiers nos thèmes. Le maître était toujours content, et il ne punissait jamais. Nous obéissions à nos parents, et nous écoutions nos maîtres. Jean choisissait les meilleurs livres, et Henriette cherchait les plus beaux fruits. Vous parliez souvent de vos amis, et vous ne salissiez jamais vos habits. Nos frères aimaient les affaires plus que les plaisirs, et ils punissaient ceux qui ne travaillaient pas. Autrefois nous aimions beaucoup les cerises, votre mère remplissait toujours nos corbeilles. Nous portions une partie de nos fruits aux enfants du pauvre menuisier, qui demeurait dans la maison de notre voisin.

112.

If you obeyed your parents, you would be more happy. You would be very industrious, if you finished still to day your exercises. If we dirtied our clothes, our mother would blame the servant. These gentlemen would find more pleasure, if they fulfilled their duties. I should be wrong if I built (were to build) now. You would have (be) right, if you choose (were to choose) these ribbons. My brother would be very idle, if he did not finish his exercises to day. You would be very sensible, if you filled these bottles. If we did not obey our teacher, we should be very bad. He would have (be) right, if he punished your brother, who is generally very idle.

113.

Je finirai, zhă-fee-nee-rey′, I shall finish;
je finirais, zhă-fee-nee-ray′, I should finish.

Quand finirez-vous votre thème? Je finirai à présent. Tu saliras ton habit, si tu portes cette corbeille. Dieu punira les méchants. Nous aurons aujourd'hui des rubans, nous choisirons les plus beaux. Les enfants sages obéiront toujours à leurs parents. Si mon frère était ici, je finirais mon thème. Si j'avais de l'argent, je bâtirais une salle. Si je bâtissais, mon voisin bâtirait aussi. Nous ne remplirions plus nos verres, si le vin n'était pas si excellent. Si vous portiez cette huile, vous saliriez vos gants. Je n'aimerais pas ce jeune homme, s'il n'obéissait pas à ses parents et à son maître. Mes soeurs ne choisiraient pas ces chapeaux, si elles ne trouvaient pas que c'étaient les meilleurs. Nous aurions choisi ces bas-ci, s'ils étaient un peu plus longs. Vous auriez fini votre thème, si vous aviez toujours travaillé.

114.

I shall fill your glass, you have not yet drunk. There is also bread and cheese. I shall give this piece of ham to *the* little Frank. We shall finish our letter this evening. Henry will soil his clothes if he carries this tree. We shall always obey our parents. You will not punish this young man, because he has done nothing. Will you build also? I have built enough, I shall build no more. You would finish to-day, if you had been more industrious. We should fill our glasses, if we had not drunk enough. You would obey your brother, if you were wiser. My neighbors would build, if they had done more business (*pl.*).

115.

Vendre, vân⁸'-dr, to sell; vendu, vân⁸-dü', sold.

Je vends, zhŭ-vân⁸', I sell, am selling, do' sell;
tu vends, tü-vûn⁸', thou sellest;
il vend, eel-vûn⁸', he sells;
nous vendons, noo-vân⁸-don⁸', we sell;
vous vendez, voo-vân⁸-dey', you sell;
ils vendent, eel-vân⁸d', they sell.

cher, shair, dear; fin, fan⁸, fine; vert, vairr, green; le prix, lŭ-pree', the price; la couleur, lâ-koo-lörr', the colour.

Votre oncle vend sa maison. Mon oncle ne vend pas sa maison, mais il vend son jardin. Combien vendez-vous l'aune de ce drap noir? Je vends l'aune de ce drap à quatre écus. C'est très cher. Je trouve que c'est très cher. Voilà un drap vert qui est aussi beau que celui-là, et qui ne coûte pas autant. Ce drap est très fin, et la couleur est belle. Combien dites-vous que ce drap-ci coûte? Quel est le dernier prix de ce drap? Nous vendons ce drap à trois écus et demi. Vous vendez très cher. Les autres marchands de la ville ne vendent pas si cher que vous. Ce drap est d'une très bonne qualité; vous trouverez qu'il n'est pas trop cher. Nous vendons beaucoup de cette qualité; ce matin nous avons vendu vingt aunes. Tous ceux qui ont acheté de ce drap ont été très contents. Comment trouves-tu ce drap, Henri? Je trouve que ce drap vert est plus gros que ce drap noir. Si c'était pour moi, je choisirais celui-ci. Tu as raison. Le tailleur a dit aussi que la couleur verte n'était plus à la mode.

116.

Where sells one (do they sell) these fine pencils? Do you sell these pen-knives? I sell nothing. Your brother sells all his birds. We sell also ours. You sell all (every thing). Do your sisters also sell their books? My cousin does not sell his horse, but he sells his dog. How much do these gloves cost? These gloves and these stockings cost together two dollars and (a) half. That is not dear. Where have you bought this hat? Does your neighbor also sell cloth? Do you not find that he sells too dear? He sells too dear. This cloth is very fine but that is very coarse. The quality of this is very good, but the colour is no longer fashionable.

117.

Attendre, â-tân⁸'dr, to wait, to await; rendre, rân⁸'dr, to render, to restore, to give back; descendre, dey-sân⁸'dr, to descend, to come down, to take down; perdre, pairr'-dr, to lose; battre, bât'-tr, to beat, to strike; répondre, rey-pon⁸'-dr, to answer, to reply; venez, vŭ-ney', come; allez, âl-ley', go; vite, veet, quick; doucement, dooss-mân⁸', slow, low; la porte, lâ-porrt', the door; le moment, lŭ-mo-mân⁸', the moment.

Je perds mon temps. Je n'attends pas plus longtemps. Pourquoi ne réponds-tu pas? Votre frère ne descend-il pas encore? Mon frère et ma soeur descendent dans ce moment. A qui est ce livre? Pourquoi ne rendez-vous pas ce livre? Vous battez toujours mes soeurs; elles ont beaucoup pleuré. Ces enfants perdent leurs plumes à tout moment. Où allez-vous

si vite ?   Attendez un moment; n'allez pas si vite; allez plus doucement
Venez, il est déjà tard: nous n'attendons pas; nous perdons trop de temps.
Venez ici, mes cousins attendent à la porte.   Nous avons attendu depuis
plus d'une heure.   Que fait votre frère?   Il joue.   Combien perdez-vous
aujourd'hui ?   Je ne perds rien; mais mon cousin perd un demi écu;   il ne
joue plus, il a perdu tout son argent.

118.

What are you looking for ?   Have you lost your penknife ?   You lose
every thing.   We are not looking for any thing, we have lost nothing; it
is your cousin who loses every thing.   He beats all the children.   When
I come down, I shall speak to my cousin.   Where are you going now?   You
are not going (walking) too fast, you are going very slow.   Come with me !
Wait a little, I shall go for my hat.   Why do you beat this child?   It has
done nothing.   You do not answer, you are very ill-behaved.   Give me
back my pen or give me yours.   Why do you not wait?   We are going
down; my sisters are also going down.   These children never answer, they
always lose their hats.   We never lose our hats.   My cousins have lost
to-day all their money.

119.

Je vendais, zhă-vân²-day′, I sold, was selling, did sell;
tu vendais, tü-vân²-day′, thou soldst
il vendait, eel-vân²-dai′, he sold;
nous vendions, noo-vân²-de‿on′′, we sold;
vous vendiez, voo-vân²-de‿ey′, you sold;
ils vendaient, eel-vân²-day′, they sold.

Pourquoi n'attendais-tu pas?   J'avais oublié ma montre.   Nous descen-
dions souvent cette montagne, quand nous demeurions chez notre oncle.
Autrefois vous aimiez beaucoup le jeu, vous perdiez souvent tout votre
argent.   Il est vrai, je perdais trop, j'étais très malheureux.   Je trouvais
toujours le temps long, je n'avais pas assez d'affaires.   Depuis que je suis
ici, je ne pense plus au jeu.   Votre frère aime le commerce; il était ce
matin à la porte de notre maison, et il vendait son petit chien au fils du
libraire.   Il a bien fait; tous les enfants battaient ce pauvre animal.   Pourquoi ne répondiez-vous pas, lorsque mon père était ici ?   Je ne répondais
pas, parce que j'étais trop triste.   Mes frères descendaient, lorsque vous
étiez parti.   Ils avaient attendu leur maître de musique.

120.

Why did you not wait ?   We did not wait, because we had no time.   Your
cousin answered very well, he is an industrious young man.   My brothers
did not answer so well, they do not like enough the work (work so well).
Why were you beating this child?   I was beating this child because it was
very naughty.   Why did you go down so quickly?   The king was (had)
arrived.   We should lose our money, if we waited (any) longer.   If you
returned these flowers to your cousin, he would be very (much) pleased.
Your sisters would be very sorry if you did not answer.   These gentlemen
would have (be) wrong if they sold their houses and their gardens.

121.

Je vendrai, zhă-vûn⁴-drey´, I shall sell;
je vendrais, zhă-vûn⁴-dray´, I should sell.

As-tu déjà répondu à la lettre de ton cousin? Je répondrai ce soir à sa
lettre. Vendrez-vous votre cheval? Je ne vendrai pas mon cheval, mais
mon frère vendra le sien. Descendrez-vous à présent? Nous ne descendrons
pas encore. Vos soeurs descendront-elles? Elles attendront encore un peu.
Je n'attendrai pas plus longtemps. Nous attendrions encore un moment,
si notre frère était ici. Vous perdriez beaucoup, si vous vendiez votre maison. Si je vendais mon cheval, je vendrais aussi mon chien. Si ce jeune
homme était plus sage, il ne battrait pas son domestique. Si nos cousins
n'étaient pas malades, ils répondraient à notre lettre.

122.

When will you answer *to* the letter of your brother? I have already
answered *to* his last letter; he has already received two of my letters. He
will answer in three days. We shall lose our friend Henry, he is very ill.
That is a great misfortune for his sister. You will expect your father, he
is (has) not yet arrived. Wait a moment we shall go down together. We
should wait with pleasure, if we had *the* time. You would lose your time
if you waited any longer. These gentlemen would not sell their horses, if
they had not lost their money. I should return this knife, if I found
another.

123.

Acheter, âsh-tey, to buy.
J'achète, j'â-shait´, I buy, I am buying;
tu achètes, tü-â-shait´, thou buyest;
il achète, eel-â-shait´, he buys;
nous achetons, noo-zâsh-ton⁴´, we buy;
vous achetez, voo-zâsh-tey´, you buy;
ils achètent, eel-zâ-shait´, they buy.

J'achetais, zhâsh-tay´, I bought, was buying.
J'achèterai, zhâsh-shai-trey´, I shall buy.
J'achèterais, zhûsh-shai-tray´, I should buy.

Jeter, zhă-tey´, to throw; appeler, â-pley´, to call; lever, lă-vey´, to lift; élever,
ey'l-vey´, to bring up, to educate; achever, âsh-vey´, to finish; mener, mă-ney´, to
lead, to take; la plante, lâ-plân⁴t´, the plant; le chemin, lă-sh'min⁴´, the road;
la pierre, lâ-pe_airr´, the stone; le feu, lă-fö´, the fire; lourd, loor, heavy; faites,
fait´, make.

Où achetez-vous vos plumes? J'achète mes plumes chez le librairie, et
mon frère achète les siennes chez notre voisin. Ma mère achètera aujourd'-
hui une paire de gants pour ma soeur. Nous achèterions ces livres, s'ils
n'étaient pas trop chers. Que faites-vous? J'achève mon thème. Nous
achèverons le nôtre ce soir. Quand achèverez-vous ce dessin? Appèle ton
frère! Où est-il? Où menez-vous cet enfant? Je mène cet enfant à l'école.
Ce chemin mène à l'église. Ce jeune homme est très appliqué; il mène une
vie très active. Vous ne lèverez pas cette pierre; elle est très lourde. Votre
tante élève bien ses enfants. Ma mère est malade; nous appèlerons le

médecin. Comment appèle-t-on cette plante? Comment appèlerez-vous votre premier enfant? Jetez cette plume; elle n'est pas bonne. Je jèterai cette lettre au feu; elle n'est pas bien écrite.

124.

Why do you not finish your exercise? I shall finish my exercise to-morrow. Have you called the servant? The servant is gone out, I shall call the servant. You are a naughty boy, you are always throwing stones into our garden. I shall take my sister this evening to my uncle. These gentlemen would lead a better life, if they were more industrious. I have lifted up this stone, it is not heavy. My brother will not lift this stone. These mothers bring up their children very well; they have well educated children. Your father will buy the house and the garden of my uncle. Who has thrown this stone into my room? Henrietta, you dirty your stockings; you do not hold up your dress (la robe).

125.

Préférer, prey-fey-rey', to prefer.

Je préfère, zhă-prey-fairr', I prefer;
tu préfères, tü-prey-fairr', thou preferrest;
il préfère, eel-prey-fairr', he prefers;
nous préférons, noo-prey-fey-ron⁸', we prefer;
vous préférez, voo-prey-fey-rez', you prefer;
ils préférent, eel-prey-fey-fairr', they prefer.

Je préférais, zhă-prey-fey-ray', I preferred.
Je préférerai, zhă-prey-fey-ră-rey', I shall prefer.
Je préférerais, zhă-prey-fey-ră-ray', I should prefer

Espérer, ess-pey-rey, to hope; posséder, pos-sey-dey', to possess; exagérer, eg-za-zhey-rey', to exagerate; célébrer, sey-ley-brey, to celebrate; modérer, mo-dey-rey, to moderate; céder, sey-dey', to give up, to let have, to yield; régler, rey-gley', to regulate; la colère, lâ-ko-lairr', the anger; la passion, lâ-pâ-se_on⁸', the passion; le défaut, lă-dey-fo', the fault, defect; la fortune, lâ-forr-tü'n', the fortune; la fête, lâ-fay't', festival, name's day, Saint's day, birth day; chaque année, shâck-ân-ney', each year; ce que, să-kă, that which.

J'espère que tu trouveras ton livre. Nous espérons que nos parents arriveront bientôt. Ma soeur espère que tu n'oublieras pas son cahier. Celui qui espère en Dieu, n'est pas malheureux. Les hommes espèrent toujours. Nous célébrerons demain la fête de notre père. Ces écoliers célèbrent chaque année la fête de leur maître. Je préfère mes livres à ceux de mon cousin. Ma mère préfère le thé au café. Nous préférons ce violon à cette flûte. Mon oncle possède beaucoup de jardins et de prairies. Nous possédons une très belle maison. Tout ce que je possède, est à vous. Je réglerai mes affaires et les vôtres. Modérez votre colère. Celui qui modère ses passions, est heureux. Je céderai ma place à ce monsieur. C'est un hòmme qui exagére tout. Vous exagérez les défauts de cet enfant.

126.

Have you celebrated to day the birthday of your aunt? We celebrate that birthday every year. I hope that we shall still often celebrate that day. We hope still always (continue to hope) that our brother will not be sick. I prefer my boots to yours. Do you prefer these apples to these pears? He who prefers the play to the work (playing to working) is not wise. We shall always prefer our duties to our pleasures. You exagerate every thing. We exagerate nothing. I shall let your brother have my dog. If you do not moderate your anger you will be unhappy. This man was formerly very rich; he owned many houses and gardens. Now he owns nothing more; he is poor. Formerly you possessed nothing and now you possess a large fortune. Our affairs are not yet settled.

127.

Employer, ân⁵-ploo_â-yey', to employ, to make use of.

J'emploie, zhân⁵-ploo_â', I employ;
tu emploie, tü-ân⁵-ploo_â', thou employest;
il emploie, eel-ân⁵-ploo-â', he employs;
nous employons, noo-zân⁵-ploo_â-yon⁵', we employ;
vous employez, voo-zân⁵-ploo_â-yey', you employ;
ils emploient, eel-zân⁵-ploo_â', they employ.
J'employais, zhân⁵-ploo_â-yay, I employed, I was employing.
J'emploierai, zhân⁵-ploo_â-rey', I shall employ.
J'emploierais, zhân⁵-ploo_â-ray', I should employ.

Envoyer, ân⁵-voo_â-yey', to send; nettoyer, net-too_â-yey', to clean; aboyer, â·boo_â-yey', to bark; payer, pey-yey', to pay; essayer, es-sey-yey', to try; essuyer, es-sü_ee-yey', to dry, to wipe; effrayer, ef-frey-yey', to frighten; mordre, morr'-dr, to bite; l'amitié, lâ-mee-tee_ey', the friendship; la dent, lâ-dân⁵', the tooth; la larme, lâ-lârrm', the tear; proper, prop'-r, clean, proper, neat.

Employez bien votre temps. Celui qui emploie bien son temps, est très sage. Nous emploierons cet argent pour acheter un oiseau. Je paie tout ce que j'achète. Nous payons souvent bien cher les fautes que nous avons faites. Mon père paiera tout ce que nous avons reçu. Si vous ne payez pas mon cousin, vous perdrez son amitié. Nous paierions volontiers votre cousin, si nous avions reçu de l'argent. Ma chambre n'est pas propre; vous ne nettoyez jamais ma chambre. Mon frère nettoie toujours ses habits. Pourquoi ce chien aboie-t-il? Les chiens qui aboient, ne mordent pas. Le chien de notre voisin a mordu mon frère. Essayez cette plume; elle est très bonne. Vous n'avez pas essuyé vos mains. J'essuierai mes mains à mon mouchoir. Essuyez vos larmes, ne pleurez plus. Vous avez effrayé ces enfants. Mon frère effraie toujours les enfants.

128.

If you do not make good use of the time of your youth, you will not be happy. My sister makes good use of her money. How do you employ the greatest part of your time? This dog barks the whole night. A dog, which barks, generally does not bite (A barking dog seldom bites). Clean your shoes. You have not yet cleaned your teeth. I send three dollars to this poor family. You send nothing to your brother. We send to-day a bushel of fruit to our sister. Have you paid the gardener? We shall pay the gardener to-morrow. Caroline has cried (been crying), she is wiping her

4

tears. My penknife is not good; I shall try yours. The table is not clean, you never wipe the table. I was much frightened yesterday, when I had lost my book. We have paid to-day (for) the cloth which we have received from the tailor.

129.

Placer, plâ-sey′, to place; manger, mân⁶-zhey′, to eat.

Je place, zhă-plâss′, I place;
tu place, tü-plâss′, thou placest;
il place, eel-plâss′, he places;
nous plaçons, noo-plâ-son⁶, we place;
vous placez, voo-plâ-sey′, you place;
ils placent, eel-plâss′, they place.

Je plaçais, zhă-plâ-say′, I placed. Je placerai zhă-plâ-s'rey′, I shall place.

Je mange, zhă-mân⁶zh′, I eat, I am eating·
tu manges, tü-mân⁶zh′, thou eatest;
il mange, eel-mân⁶zh′, he eats;
nous mangeons, noo-mân⁶-zhon⁶′, we eat;
vous mangez, voo-mân⁶-zhey′, you eat;
ils mangent, eel-mân⁶zh′, they eat.

Je mangeais, zhă-mân⁶-zhay′, I ate, I was eating. Je mangerai, zhă-mân⁶-zh'rey′, I shall eat.

Commencer, kom-mân⁶-sey′, to commence; effacer, ef-fâ-sey′, to efface; avancer, â-vân⁶-sey′, to advance; rincer, ran⁶′-sey, to rince; prononcer, pro-non⁶-sey′, to pronounce; corriger, ko-re-zhey′, to correct; partager, parr-tâ-zhey′, to share; changer, zhân⁶-zhey′, to change, to exchange; protéger, pro-tey-zhey′, to protect; l'innocence, l'ee-no-sân⁶s′, (the) innocence; la ligne, lâ-leen′′, the line, the row; le mot, lă-mo′, the word; l'étude, ley-tü'd′, the study; l'anglais, lân⁶-glay′, the English language, the Englishman; le latin, lă-lâ.tan⁶′, the latin; autrement... que, o-tr-mân⁶′... kă, different from; mieux, me-ŏ′, better; entre, ân⁶′-tr, amongst.

Vous ne prononcez pas bien ce mot. Nous prononçons mieux le français que vous. Mon cousin prononçait très bien l'anglais. On ne prononce pas toutes les lettres des mots français. Où placez-vous vos livres? Nous plaçons nos livres sur cette table. Pourquoi avez-vous effacé cette ligne? Nous n'effaçons jamais un mot. Vous n'avancez pas dans vos études. Autrefois j'avançais beaucoup plus. Nous avançons tous les jours. Vous n'avez pas encore corrigé les fautes de votre thème. Nous ne corrigeons jamais les thèmes de notre frère. Mon oncle a partagé son bien entre ses enfants. Nous partageons avec nos amis tout ce que nous avons. Mangerez-vous un peu de ces fruits? Je ne mangerai rien à présent, je n'ai pas d'appétit. Vous protégez toujours ce jeune homme. Dieu protège l'innocence. Nous protégeons nos amis. Le temps a changé. Changez-moi, s'il vous plaît, cet écu. Avez-vous déjà commencé votre lettre? Je commencerai dans un moment. Nous ne commençons pas encore. Je n'ai pas encore rineé les verres.

130.

You do not pronounce well. You pronounced better formerly. The French pronounce the Latin differently from us. Why do you not eat? We do not eat, because we have no appetite. We shall afterwards eat a little of this ham. Place this book upon the table. We shall put every thing upon this chair. I have not yet corrected my exercise. We shall correct ours this evening. My brother corrected formerly my exercises. We shall divide this apple with our cousin. We do not begin to-day, we shall begin to-morrow. Strike out these two lines. Why have you struck out this word? The weather will alter. This gentleman is much altered. Why do you not protect this girl? We protect nobody. Have you already rinsed the glasses? We now rinse the glasses and the cups.

131.

Moi, moo᷄â′, I, me; toi, too᷄â′, thou, thee; lui, lü᷄ee′, he, him; soi, soo᷄â′, himself; elle, ell′, she; nous, noo, we, us; vous, voo, you; eux, ö′, elles, ell′, they, them; ceci, sŭ-see′, this; cela, sŭ-lâ′ (s'lâ), that; envers, ân᷄ᵉ-vairr′, towards; en, ân᷄ᵉ, in; contre, kon᷄ᵉ-tr, against; avant, â-vân᷄ᵉ′, before; après, â-pray′, after; ingrat, an᷄ᵉ-grâ′, ungrateful; ou, oo, or.

Venez avec moi. Allez avec lui. As-tu été chez moi? Je n'ai pas été chez vous. Qui a écrit cette lettre, toi ou elle? Nous avons travaillé pour vous. Vous êtes ingrat envers nous. Votre frère est arrivé avant moi. Vous arriverez après lui. Voilà ta petite soeur, n'as-tu rien pour elle? Je n'ai pas vu aujourd'hui tes frères, mais j'ai pensé à eux. Nous n'avons pas vu vos soeurs, mais nous avons pensé à elles. Vous n'aimez pas mon frère, vous êtes toujours contre lui. Nous aimons beaucoup votre soeur; nous parlons souvent d'elle. Je pense toujours à toi, mais tu ne penses jamais à moi. Cet habit est-il pour vous? Cette montre est-elle pour toi? Qui a pris mon canif? Moi. C'est toi qui as eu ma plume. Celui qui n'est pas avec moi, est contre moi. Où est votre petit frère? Ces fruits et ces fleurs sont pour lui. Où est la pauvre femme? Cette chemise est pour elle. Ceci est pour vous, cela est pour nous. A qui est cela? Ceci est à moi, et cela est à toi. Donnez-moi de ceci ou de cela.

132.

You have not thought of (à) me. We have often spoken of you. Your cousin is always against us. Is this knife for you? Your sister is (has) arrived with me. Your uncle has been with us (at our house) to-day. Your cousins have left before you. You have left after them. For whom is this? Is this for my brother? This is for you and that for him. My sisters are sick; I work for them to-day. Our neighbor is very ungrateful towards us. Who has taken my pencil?

133.

Me, mŭ, me, to me; te, tŭ, thee, to the; se, sŭ, himself, herself, itself, themselves; leur, lörr, to them; les, lay, them; nous, noo, us, to us; vous, voo, you, to you; le, lŭ, him, it; la, lâ, her, it; lui, lü᷄ee′, to him, to her; estampe, es-stân᷄ᵉp′, engraving; montrer, mon᷄ᵉ-trey′, to show.

Je te donne cette plume, si tu me prêtes ton crayon. Où est votre frère? Nous le cherchons depuis une heure. Ta soeur est très appliquée; le maître la loue toujours. As-tu vu mon cheval? Je ne l'ai pas encore vu. As-tu ma plume? Non, je ne l'ai pas. Tu ne m'as pas dit que ton frère est malade. Mon cousin t'a prêté une plume. Je lui ai rendu sa plume. Vous ne lui avez pas encore écrit. Notre jardinière est heureuse; son fils lui a envoyé cent écus. Je ne vous ai pas encore montré ma petite bibliothèque. Je vous montrerai aussi mes fleurs. Votre frère nous a dit que vous aviez beaucoup de livres et de fleurs. Ces estampes sont très belles; je les ai reçues de mon oncle. Où avez-vous acheté ces beaux livres? Je ne les ai pas achetés, c'est un cadeau de ma tante. Vos frères n'aiment pas les livres; ils aiment trop le jeu. Je leur ai souvent prêté mes livres.

134.

I praise you and you blame me. Your brother loves me, but you do not love me. This dog is not faithful; I do not love him. Where is your sister? Her mother is looking for her. Where have you been? One has (they have) looked for you since an (this) hour. My uncle has given me a fine book. I had written *to* him a letter. Has your aunt been here? Yes, I have told her that you are sick. One has (they have) sent us a basket of fruit (*pl.*). Charles will carry those flowers for you. He will give them to your gardener. My children love *the* flowers much (are very fond of flowers); I shall give you those, which are in my room.

135.

Le même, lă-maym′, la même, lâ-maym′, les mêmes, lay-maym′, the same; je crois, zhă-kroo_â′, I believe.

Que cherches-tu? As-tu perdu ton canif? Ne le trouves-tu pas? Ne l'as tu pas mis dans ton coffre? Je crois que mon cousin l'a pris. Ton cousin ne l'a pas. Je lui ai prêté le mien. Il m'a rendu ma plume, mais il ne m'a pas encore rendu mon canif. Je ne lui prêterai plus rien. Il ne rend jamais ce qu'on lui prête. Ma soeur a le même défaut. Quand je lui prête un livre, elle ne le rend pas. Nous rendons toujours ce qu'on nous prête. Je vous prêterai tout ce que j'ai. Mes amis rendent aussi ce que je leur prête; ils m'ont rendu ce matin le crayon que je leur avais prêté hier. Le pauvre homme est venu; je lui donnerai un morceau de pain blanc et un verre de bière. Ma cousine m'a écrit. Je lui ai répondu que je lui achèterais un joli chapeau, si elle était toujours sage et appliquée. Ces enfants ne s'aiment pas, ils se battent toujours les uns les autres.

136.

My sisters give me always flowers. You give me much money, you have too much goodness for (are too kind to) me. The teacher never praises you, you are not industrious. I have received the book, which you have sent me. I *have* found it when I *am* (have) arrived. If you love me, I shall love you also. I should love you, if you were better-behaved. I shall give you a dollar, if you find my dog. My brother has left, *since* three weeks (ago); I have written to him, but he has not yet answered me. Our father has given us a bottle of wine and a basket of fruit (*pl.*) These children are very poor; one has (people have) given them bread and wine. My uncle has given me all that he had.

137.

Me cherchez-vous? M'avez-vous oublié? Te cherche-t-il? Ta-t-il donné des pommes? Le trouvez-vous? L'avez-vous déjà vu? Cette maison est-elle à vous? La vendez-vous? Ne la vendez-vous pas? Votre frère est-il parti? Lui avez-vous écrit? Vous a-t-il répondu? Ne lui avez-vous pas encore écrit? Ne vous a-t-il pas encore répondu? Votre soeur est-elle malade? Lui avez-vous acheté du sucre? Vous a-t-elle parlé de moi? Nous attend-on? Nous a-t-on envoyé des bas et des souliers? Vous trouvera-t-il aujourd'hui? Vous a-t-il parlé de mon malheur? Avez-vous oublié vos devoirs? Les remplissez-vous toujours? Ne les avez-vous pas encore remplis? Avez-vous parlé à mes cousins? Leur avez-vous rendu le livre qu'ils vous ont prêté? Ne leur avez-vous pas dit que nous travaillons ensemble?

138.

Will you choose me? Will he find you? Have you told him that we are here? Is he satisfied? Will he buy it? Has he known me? Have you read it? Has he punished you? Will you look for it? Will he answer us? Where are your books? Have you put them on the table? Where are my shoes? Who has taken them? Have your brothers arrived? Have you given them your engravings?, Has your mother sent them the servant. Is the servant girl sick? Has one fetched (are they gone for) the physician? Has he given her wine? How does he find her?

139.

Me le, mă-lă, it to me, me it, it for me; te le, tă-lă, it to thee, &c.; nous le, noo-lă, it to us; vous le, voo-lă, it to you; refuser, rŭ-fü-zey', to refuse; demander, dŭ-mûn⁴-dey', to ask, to demand, to ask for; conseiller, kon⁴-sel-yey', to advise; défendre, dey-fàn⁸'-dr, to defend, to forbid.

Avez-vous lu le livre? Votre frère me le donnera, quand il l'aura lu. Tu as demandé mon canif; je te le prêterai, si tu me le rends. Tu m'as prêté hier ta plume; je te la rendrai demain. Le jardinier a reçu les fruits; il nous les vendra. Si j'avais reçu les livres, je vous les prêterais. Je n'ai pas chanté aujourd'hui; mon père me l'a défendu. Je n'ai pas encore vu tes estampes. Mon frère te les montrera. Dites-moi, pourquoi vous êtes si triste. Je vous l'ai déjà dit. Vous ne me l'avez pas encore dit. Je ne vous l'avais pas encore demandé. Que me conseillez-vous? Je ne vous le conseille pas. Il nous le refusera. M'avez-vous demandé mon cheval? Je vous l'ai demandé, mais vous me l'avez refusé. Vous ne nous avez pas encore payé notre chien. Je ne vous le paierai jamais.

140.

Where is my book? I have lent it (to) you. I shall return it to you; I have lent it to my cousin. If you ask him (for) it, he will give it to you with much pleasure. He does not refuse it to us, he has never refused me what (any thing) I have asked him. I should not advise it you, if he were not so modest. Our neighbor has received many flowers; he will sell them to us. I have seen two handsome dogs; I shall buy them for you. We shall not play to-day, the teacher has forbidden it.

141.

Le lui, lă-lü-ee′, il to hem, to her;
le leur, lă-lörr′, it to them;

l'encrier, lân′kree-ey′, the inkstand; la canne, lâ-kûnn′, the cane; promis, pro-moe′, promised; voulu, voo-lü′, wanted, wished, been willing.

Vous m'avez vendu votre encrier, vous ne me l'avez pas prêté. Je t'ai prêté mon livre, je ne te l'ai pas vendu. Il m'a demandé mon canif; je ne le lui ai pas donné. Elle t'a demandé ton crayon, pourquoi ne le lui as-tu pas donné? Si vous m'aviez demandé mon chien, je ne vous l'aurais pas refusé. Si mes amis me demandent mon cheval, je ne le leur refuserai pas. Mon frère m'a demandé ma canne, je la lui donnerai. Vous m'avez promis votre oiseau, mais vous ne me l'avez pas donné. Si je te l'ai promis, je te le donnerai aussi. Nous aurons aujourd'hui un nouveau cheval; notre père nous l'a promis. Mon ami donnera un petit chat à mes soeurs; il le leur a promis hier.

142.

La cuiller, lâ-kü′l-yairr (lâ-kü‿e-yairr′), the spoon; la prune, lâ-prü′n′, the plum; la soie, lâ-soo‿â′, the silk; lire, leerr, to read.

Où est mon encrier? Me le rendrez-vous? Où est mon livre? Me l'avez-vous rendu? As-tu vu mon chapeau de soie? Te l'ai-je montré? Ton père a voulu lire ton livre; le lui as-tu donné? Nous avons acheté un joli canif chez le libraire; nous l'a-t-il envoyé? Ces messieurs demandent votre cheval; le leur avez-vous promis? Si François avait une canne, te la prêterait-il? Où est le chapeau de ma soeur? Le lui avez-vous envoyé? Vous demandez pourquoi j'ai pris votre couteau; ne me l'avez-vous pas vendu? Cet enfant salit son habit; pourquoi ne le lui défendez-vous pas? Je vous ai vendu une douzaine de fourchettes et trois douzaines de cuillers; ne me les paierez-vous pas? Tu as vendu à cette dame une corbeille de prunes; ne te les paiera-t-elle pas encore?

143.

Where is my hat? I have given it to you yesterday. You have refused it *to* me. You had a handsome dog, you have sold it to us. These children have a handsome book, I have lent it to them. He has lent *to* him the book, he has not sold it to him. You have not promised it to us. These children have brought me a book, I have not given it to them. Why do you not give us the inkstand? Have I promised it to you? You have not promised it to us. If I had promised it to you, I would give it to you. Why do you not pay me?

144.

Donnez-moi, don-ney-moo‿â′, give me.
Donnez le (la) moi, don-ney-lă-(lâ-)moo‿â, give it (him, her) to me.
Ne me le donnez pas, nă-mă-lă-don-ney-pâ′, do not give it to me.

Vous avez un beau canif, donnez-le moi. Rendez-moi le canif que je vous ai prêté. Je vous ai prêté deux plumes; rendez-les moi. Mon frère a demandé votre crayon; donnez-le lui. Vous avez pris la canne de mon cousin; rendez-la lui. Vous avez acheté des prunes chez cette femme; payez-les lui. Vous avez une belle montre; montrez-la nous. Cet enfant est méchant; punissez-le. Cette femme est très pauvre; donnez-lui un morceau de pain. Vos parents sont vos meilleurs amis; aimez-les toujours. Ce canif n'est pas bon; ne l'achetez pas. Ma canne est perdue; ne la cherchez plus. C'est l'encrier de Guillaume; ne le lui rendez pas. Cet habit est très beau; ne le salissez pas. Remplissez toujours vos devoirs; ne les oubliez jamais. Cette fille est très sage; ne la punissez pas.

145.

This apple is very good, eat it. This plum is not good, eat it not. This book is very useful, lend it to me, do not lend it to him. Have you found your stockings? Look for them. Do not look for them. Your father is your best friend; always listen (to) him; love him, never forget him. The horses are very fine, sell them to me. This flower belongs to my sister, give it back to her; do not give it back to her. This fruit (*pl.*) belongs to the children of our neighbor; give them (it) back to them; do not eat them (it).

146.

Se tromper, să-tron⁴-pey′, to deceive one's self, to be mistaken.
Je me trompe, zhă-mă-tron⁴p′, I deceive myself;
tu te trompes, tü-tă-tron⁴p′, thou deceivest thyself;
il se trompe, eel-să-tron⁴p′, he deceives himself;
nous nous trompons, noo-noq-tron⁴-pon⁴/, we deceive ourselves
vous vous trompez, voo-voo-tron⁴-pey′, you deceive yourselves
ils se trompent, cel-să-tron⁴p′, they deceive themselves.

So porter, să-porr-tey′, to find one's self; s'amuser, sâ-mü-sey′, to amuse one's self; s'habiller, sâ-beel-yey′, to dress one's self; se laver, să-lâ-vey′, to wash one's self; s'affliger, sâf-flee-zhey′, to afflict one's self, to grieve; se réjouir, să-rey-zhoo-eerr′, to rejoice; se promener, să-prom-ney′, to walk; se reposer, să-ră-po-zey′, to rest (one's self); se hâter, să-hâ-tey′, to hasten; s'appeler, săp-ley′, to be called; se lever, să-l'vey′, to rise; se coucher, să-koo-shey′, to go to bed.

Comment se porte monsieur votre père? Il se porte très bien, depuis qu'il est à la campagne. Et vous, comment vous portez-vous? Je me porte toujours bien. Mes soeurs ne se portent pas bien. Que faites-vous? Je m'habille. Vous habillerez-vous aussi? Nous nous habillerons plus tard. Charles, ne te laveras-tu pas encore? Je me laverai dans un moment. Mon oncle arrivera ce soir; nous nous amuserons bien. Si vous allez avec nous, vous vous amuserez aussi. Je me réjouis de vous trouver. J'aime celui qui se réjouit du bonheur de ses amis. Pourquoi vous affligez-vous? Je m'afflige de la mort de mon cousin. A quelle heure vous levez-vous ordinairement? Je me lève toujours à six heures, et je me couche à neuf heures. Mon frère se lèvera demain à trois heures, il partira pour Paris. Nous nous levons plus tard que vous. Autrefois nous ne nous levions pas si tard. Si vous avez fini votre thème, nous nous promènerons un peu. Vous vous promenez toute la journée. Venez ici, reposez-vous un peu. Comment s'appelle ce jeune homme? Il s'appelle Henri. Et vous, comment vous appelez-vous? Je m'apelle Godefroi.

147.

Je me suis trompé, zhă-mă-sü̆ee-tron⁵-pey', I have deceived myself;
tu t'es trompé, tü-tay-tron⁵-pey', thou hast deceived thyself;
il s'est trompé, eel-say-tron⁵-pey', he has deceived himself;
elle s'est trompée, ell'-say-tron⁵-pey', she has deceived herself;
nous nous sommes trompés, noo-noo-somm'-tron⁵-pey', we have deceived ourselves;
vous vous êtes trompés, voo-voo-zait-tron⁵-pey', you have deceived yourselves;
ils se sont trompés, eel-să-son⁵-tron⁵-pey', they have deceived themselves.

J'ai vu hier votre frère. Vous vous êtes trompé, mon frère n'est plus ici. Je ne me suis pas trompé, je lui ai parlé. A quelle heure vous êtes-vous couché hier? Nous nous sommes couchés à onze heures et demie. Mon frère ne s'est pas encore levé. Où avez-vous été? Je me suis promené toute la matinée. Je me reposerai un peu. Tes soeurs ne s'étaient pas encore habillées, lorsque nous sommes venus. Pourquoi ne vous êtes-vous pas encore lavé? Je me serais lavé, si j'avais eu de l'eau. Nous avons été au bal la semaine passée, nous nous sommes bien amusés. Mon voisin est mort hier; il s'est trop affligé du malheur de son fils. Faites votre thème; hâtez-vous un peu; nous nous promènerons plus tard. Réjouissez-vous, mes enfants, votre oncle arrivera ce soir.

148.

Are (have) you not yet risen? You go to bed every evening at eight o'clock, and you always rise late. Charles dress yourself quickly. You have not yet washed yourself. He who always rises late, will never find himself well (be well). Who has lost his copybooks? Is it you Charles? You deceive yourself; I never lose my copybooks. Will you go for a walk to-day? My brother will go walking with his teacher, because he has been very industrious. How do your sisters find themselves (how are your sisters)? Are they still in the country? I believe that they are still in the country and that they find themselves very well. Have you amused yourselves well yesterday? We always amuse ourselves well, when we are at our aunt's. I am very tired, I shall rest a little. Why do you hurry *yourself* so *much?* It is not yet late, the school has not yet commenced.

149.

En, ăn⁵, of it, some of it, any of it; y, to it, thereto, thereat; le concert, lŭ-kon⁵-sairr', the concert; l'église, ley-gleez', the church; oui, oo‿ee', yes; non, non⁵, no.

A-t-on parlé de mon malheur? Oui, on en a parlé. Etes-vous content de ce livre? Oui, j'en suis content. Avons-nous des plumes? Oui, nous en avons. Avez-vous du fruit? Oui, j'en ai. Mon frère est-il au jardin? Non, il n'y est pas. Avez-vous pensé à mon affaire? Non, je n'y ai pas pensé. Avez-vous été au concert? Non, nous n'y avons pas été. Votre frère a-t-il des oiseaux? Il en a beaucoup. A-t-il aussi des fleurs? Il n'en a point. Combien de frères avez-vous? J'en ai trois. Avez-vous aussi une soeur? Oui, j'en ai une. As-tu reçu des lettres? J'en ai reçu une de mon père. Seras-tu ce soir chez monsieur Feller? Je n'y serai pas. Avez-vous été à l'église? Nous n'y avons pas encore été.

150.

Have you any bread? Yes I have some. Have you also friends? No I have none *of them*. Has your aunt many children? Yes, she has seven *of them*. Has your father been in Berlin? No he has not been there. How many pens hast thou? I have ten *of them*. Has your sister written letters? She has written three *of them*. Is your cousin in her room? She was there, but she is there no more.

151.

Arriver, ar-ree-vey′, to arrive, to happen.

As-tu donné du pain au pauvre? Je lui en ai donné. Si tu ne lui en as pas encore donné, il t'en demandera. Mon cousin a beaucoup de fruit; il m'en donne tous les jours. T'en donne-t-il aussi? Il nous en donne souvent. Il n'aime pas les enfants du voisin; il ne leur en donne jamais. Vous avez été aujourd'hui au concert; je vous y ai vu. Y avez-vous aussi vu mon oncle? il y était aussi. Non, je ne l'y ai pas vu. Il y avait beaucoup de monde. Je n'y ai jamais vu tant de monde. On dit qu'il est arrivé un grand malheur. On en parle dans toute la ville. Mon ami m'en a parlé aussi.

152.

Du pain, dŭ-pan′, bread; de bon pain, dă-bon′-pan′, good bread; de la viande, dă-lă-ve ănd′, meat; de mauvaise viande, dă-mo-vaiz-ve ănd′, bad meat; des fleurs, day-flörr′, flowers; de belles fleurs, dŭ-bell′-flörr′, handsome flowers.

Nous avons mangé de bons fruits. Vous avez bu de bonne eau, mais vous avez bu de mauvaise bière. Donnez-moi de bon papier. Ces messieurs ont de beaux jardins et de grandes maisons. Nous avons bu de vin excellent. La servante a acheté de bon sel, de bonne moutarde et de mauvais poivre. Erneste a lu des livres français. Vous avez des chiens fidèles. Mon oncle a de beaux chevaux. Cette demoiselle a de bonnes amies, d'aimables frères et des livres utiles. Les Français ont toujours eu de bons généraux. Notre roi a de braves soldats. Cette mère a des enfants très appliqués. Nous avons acheté de très belles fleurs.

153.

Here is good paper and good ink. We have drunk bad wine and good beer. My uncle has beautiful gardens and large meadows. We have faithful friends and amiable brothers. This bookseller sells fine penknives. Our gardener has excellent fruit. My mother has bought me three pair of stockings. Give us better meat and better bread. Have you any good mustard? Do you sell any white hats? Show me, what you sell; I shall pay you well

154.

Le savon, lă-sâ-von^sʹ, the soap; l'essuie-main, les-süee-mân^sʹ, the towel; la patience, lâ-pâ-se-an^sʹs, (the) patience; le poisson, lă-poo_â-son^sʹ, the fish; l'étang, ley-tân^sʹ, the pond; l'écolier, ley-ko-le_eyʹ, the scholar; chaud, sho, warm, hot; froid, froo_âʹ, cold; apporter, â-porr-teyʹ, to bring; souhaiter, soo-hay-teyʹ, to wish; rarement, râʹrr-mân^sʹ, seldom.

Ce marchand vend du papier, de l'encre et des plumes. Apportez-moi de l'eau, du savon et un essuie-main. Souhaitez-vous de l'eau chaude ou de l'eau froide? Je vous donnerai des pommes et des cerises, si vous êtes sages et appliqués. Mon frère a de bonne encre et de bon papier. Nous avons eu de beaux chiens. Tu as peu de patience, mon ami. Avez-vous acheté des crayons et des canifs? Mon voisin vend de bonnes plumes. Ma soeur a de jolis gants. Combien de livres français avez-vous? Il y a des poissons dans cet étang. Il y a beaucoup d'oiseaux dans notre jardin. Votre cousin a peu de livres et encore moins d'argent. De bon maîtres aiment de bons écoliers. Votre frère parle toujours de bon vin et de bons fruits, mais rarement de belles estampes et de livres utiles.

155.

Rouge, roozh, red.

Bring me vinegar and oil, knives and forks. Have you good pens and good ink? I have no good pens, but I have excellent ink. Your paper is good; I have bought very bad paper. Where have you found these fine pocket-handkerchiefs? Our neighbor is selling white linen, red cloth, black hats and handsome stockings. You are always talking of dresses and of visits (visiting) but seldom of exercises and of business (pl.). I do not like those who speak only of their pleasures, and who never think of their duties (tasks) and of their work.

SECOND PART.

I. Cardinal Numbers.

1, un, une, ön⁵, ü'n.
2, deux, dö.
3, trois, troo͜â'.
4, quatre, kât'-tr. *
5, cinq, sank.
6, six, seess.
7, sept, set.
8, huit, ü͜eet'.
9, neuf, nöf.
10, dix, deess.
11, onze, on⁵z.
12, douze, dooz.
13, treize, traiz,
14, quatorze, kâ-torrz'.
15, quinze, kan⁵z.
16, seize, saiz.
17, dix-sept, dee-set'.
18, dix-huit, dee-sü͜eet'.
19, dix-neuf, deess-nöf'.
20, vingt, van⁵.

21, vingt et un, van⁵-tey-ön⁵'.
22, vingt-deux, van⁵t-dö.
23, vingt trois, van⁵t-troo͜â'.
30, trente, trân⁵t.
40, quarante, kâ-rân⁵t'.
50, cinquante, san⁵-kân⁵t'.
60, soixante, soo͜â-sân⁵t'.
70, soixante-dix, soo͜â-sân⁵t-deess'.
71, soixante-onze, soo͜â-sân⁵t-on⁵z'.
79, soixante-dix-neuf, soo͜â-sân⁵t-deess-nöf'.
80, quatre-vingts, kât-tr-van⁵'.
90, quatre-vingt-dix, kât-tr-van⁵-deess'.
92, quatre-vingt-douze, kât-tr-van⁵-dooz'.
99, quatre-vingt-dix-neuf, kât-tr-van⁵-deess-nöf'
100, cent, sân⁵.
101, cent-un, sân⁵-ön⁵'.
200, deux-cents, dö-sân⁵'.
1000, mille, meel.
2000, deux mille, dö-meel'.

II. The auxiliary verb *avoir*, to have.*

Indicatif.

Présent.
J'ai, zhey, I have.

Imparfait.
J'avais, zhâ-vay', I had.

Passé défini.
J'eus, zhü, I had;
tu eus, tü-ü', thou hadst;
il eut, eel-ü', he had;
nous eûmes, noo-zü'm', we had;
vous eûtes, voo-zü't, you had;
ils eurent, eel-zü'rr, they had.

Futur.
J'aurai, zho-rai', I shall have.

Conditionnel présent.
J'aurais, zho-ray', I should·have.

Passé indéfini.
J'ai eu, zhey-ü, I have had.

Plus-que-parfait.
J'avais eu, zhâ-vay'-zü', I had had.

Passé antérieur.
J'eus eu, zhü-zü', I had had;
tu eus eu, tü-ü-zü', thou hadst had;
il eut eu, eel-ü-tü', he had had;
nous eûmes eu, noo-zü'm-zü', we had had;
vous eûtes eu, voo-zü't-zü', you had had;
ils eurent eu, eel-zü'rr-tü', they had had

Futur antérieur.
J'aurai eu, zho-rey-ü', I shall have had.

Conditionnel passé.
J'aurais eu, zho-ray-zü', I should have had.

---

* Before nouns or adjectives, beginning with a consonant, the last consonant in the numbers quatre, cinq, six, sept, huit, neuf and dix, and their compounds, are sounded, see Page 8.

(49)

Impératif.

Aie, ai ee', have;
ayons, ai yon', let us have;
ayez, ai yey', have (ye).

Subjonctif.

Présent.

Que j'aie, kă-zhai-ee', that I have;

que tu aies, kă-tü-ai ee', that thou have (hast).

qu'il ait, keel-ai', that he have (has).

que nous ayons, kă-noo-sai-yon', that we have.

que vous ayez, kă-voo-zai-yey', that you have.

qu'ils aient, keel-zay ee', that they have.

Passé indéfini.

Que j'aie eu, kă-zhai ee-ü', that I have had;

que tu aies eu, kă-tü-ai ee-zü', that thou hast had;

qu'il ait eu, keel-ai-tü', that he has had;

que nous ayons eu, kă-noo-zai-yon'-zü', that we have had;

que vous ayez eu, kă-voo-zai-yey-zü', that you have had;

qu'ils aient eu, keel-zay ee-tü, that they have had.

Imparfait.

Que j'eusse, kă-zhü'ss', that I had;

que tu eusses, kă-tü-ü'ss', that thou hadst;

qu'il eût, keel-ü', that he had;

que nous eussions, kă-noo-zü-see-on', that we had;

que vous eussiez, kă-voo-zü-see-ey', that you had;

qu'ils eussent, keel-zü'ss', that they had.

Plus-que-parfait.

Que j'eusse eu, kă-zhü'ss-ü', that I had had;

que tu eussess eu, kă-tü-ü'ss-ü', that thou hadst had;

qu'il eût eu, keel-ü-tü', that he had had;

que nous eussions eu, kă-noo-zü-see on'-zü', that we had had;

que vous eussiez eu, kă-voo-zü-see ey-zü', that you had had;

qu'ils eussent eu, keel-zü'ss-tü', that they had had.

And in the same manner: je n'ai pas; ai-je? n'ai-je pas? je l'ai, je ne l'ai pas, l'ai-je? ne l'ai-je pas? j'en ai, je n'en ai pas.

III. The auxiliary Verb *être* to be.

Indicatif.

Présent.

Je suis, zhă-sü ee', I am.

Imparfait.

J'etais, zhey-tay', I was.

Passé défini.

Je fus, zhă-fü', I was.

Futur.

Je serai, zhă-s'rey', I shall be.

Conditionnel présent.

Je serais, zhă-s'ray', I should be.

Passé indéfini.

J'ai été, zhey-ey-tey', I have been.

Plus-que-parfait.

J'avais été, zhŭ-vay-zey-tey', I had been.

Passé antérieur.

J'eus été, zhü-zey-tey', I had been.

Futur antérieur.

J'aurai été, zho-rey-ey-tey', I shall have been.

Conditionnel passé.

J'aurais été, zho-ray-zey-tey', I should have been.

51

Impératif.

Sois, soo‿â′, be;
soyons, soo‿â-yon⁵′, let us be;
soyez, soo‿â-yey′, be ye.

Subjonctif.

Présent.

Que je sois, kă-zhă-soo‿â′, that I be;

que tu sois, kă-tü-soo‿â′, that thou be;

qu'il soit, keel-soo‿â′, that he be;

que nous soyons, kă-noo-soo‿â-yon⁵′, that we be;
que vous soyez, kă-voo-soo‿â-yey′, that you be;
qu'ils soient, keel-soo‿a′, that they be.

Passé indéfini.

Que j'aie été, kă-zhai‿ee-ey-tey′, that I have been;
que tu aies été, kă-tü-ai‿ee-zey-tey′, that thou hast been;
qu'il ait été, keel-ait-ey-tey′, that he has been;
que nous ayons été, kă-noo-zay-yon⁵-zey-tey′, that we have been;
que vous ayez été, kă-voo-zay-yey-zey-tey′, that you have been;
qu'ils aient été, keel-zay‿ee-tey-tey, that they have been.

Imparfait.

Que je fusse, kă-zhă-fü′ss′, that I were (was);
que tu fusses, kă-tü-fü′ss′, that thou wert (wast);
qu'il fût, keel-fü′, that he were;

que nous fussions, kă-noo-fü-see‿on⁵′, that we were;
que vous fussiez, kŭ-voo-sü-fee‿ey′, that you were;
qu'ils fussent, keel-fü′ss′, that they were.

Plus-que-parfait.

Que j'eusse été, kă-zhü′ss-ey-tey′, that I had been;
que tu eusses été, kă-tü-ü′ss-zey-tey′, that thou hadst been;
qu'il eut été, keel-ü-tey-tey′, that he had been;
que nous eussions été, kâ-noo-zü-se‿on⁵-zey-tey′, that we had been;
que vous eussiez été, kă-voo-zü-se‿ey-zey-tey′, that you had been;
qu'ils eussent été, keel-zü′ss-tey-tey′, that they had been.

And in the same manner: je ne suis pas; suis-je? ne suis-je pas? je le suis; je ne le suis pas; le suis-je? ne le suis-je pas? j'y suis; je n'y suis pas.

IV. The three regular Conjugations.

Donner, don-ney′, to give; finir, fe-neer′, to finish; vendre, vân⁵′-dr, to sell.

Participe présent.

Donnant, don-nân⁵′, giving; finissant, fee-nee-sân⁵′, finishing; vendant, vân⁵-dân⁵′, selling.

Présent.

Je donne, zhă-donn′, I give;
je finis, zhă-fee-nee′, I find;
je vends, zhă-vân⁵′, I sell.

Imparfait.

Je donnais, zhă-don-nay′, I was giving;
je finissais, zhă-fee-nee-say′, I was finishing;
je vendais, zhă-vân⁵-day′, I was selling.

Passé défini.

Je donnai, zhă-don-ney', I gave;
tu donnas, tü-don-nâ', thou gavest;
il donna, eel-don-nâ', he gave;
nous donnâmes, noo-don-nâ'm', we gave;
vous donnâtes, voo-don-nâ't', you gave;
ils donnèrent, eel-don-nairr', they gave.

Je finis, zhă-fee-nee', I finished;
tu finis, tü-fee-nee', thou finishedst;
il finit, eel-fee-nee', he finished;
nous finîmes, noo-fee-neem', we finished;
vous finîtes, voo-fee-neet', you finished;
ils finirent, eel-fee-neerr', they finished.

Je vendis, zhă-vân^t-dee', I sold;.
tu vendis, tu-vân^t-dee', thou soldst;
il vendit, eel-vân^t-dee',he sold;
nous vendîmes, noo-vân^t-deem', we sold;
vous vendîtes, voo-vân^t-deet', you sold;
ils vendirent, eel-vân^t-deer,' they sold.

Futur.

Je donnerai, zhă-don-n'rey', I shall give;
je finirai, zhă-fee-nee-rey', I shall finish;
je vendrai, zhă-vân^t-drey', I shall sell.

Conditionnel.

Je donnerais, zhă-don-n'ray', I should give;
je finerais, zhă-fee-nee-ray', I should finish;
je vendrais, zhă-vân^t-dray', I should sell.

Impératif.

Donne, donn', give,
donnons, don-non^t', let us give;
donnez, don-ney', give (ye).

finis, fee-nee', finish;
finissons, fee-nee-son^t', let us finish;
finissez, fee-nee-sey', finish (ye).

vends, vân^t, sell;
vendons, vân^t-don^t', let us sell;
vendez, vân^t-dey', sell (ye).

Subjonctif.

Présent.

Que je donne, kă-zhă-donn', that I give;
que tu donnes, kă-tü-donn', that thou givest;
qu'il donne, keel-donn', that he gives;
que nous donnions, kă-noo-don-nee-on^t', that we give;
que vous donniez, kă-voo-don-nee-ey', that you give;
qu'il donnent, keel-donn', that they give

Que je finisse, kă-zhă-fee-neess', that I finish;
que tu finisses, kă-tü-fee-neess', that thou finishest;
qu'il finisse, keel-fee-neess', that he finishes;
que nous finissions, kă-noo-fee-nee-se_on^t', that we finish;
que vous finissiez, kŭ-voo-fee-nee-se_ey', that you finish;
qu'ils finissent, keel-fee-neess', that they finish.

Que je vende, kă-zhŭ-vân‘d′, that I sell ;
que tu vendes, kă-tü-vănʰd′, that thou sellest;
qu'il vende, keel-vânʰd′, that he sells;
que nous vendions, kŭ-noo-vân‘-de‿onʰ′, that we sell;
que vous vendiez, kă-voo-vânʰ-de‿ey′, that you sell ;
qu'ils vendent, keel-vân‘d′, that they sell.

Imparfait.

Que je donnasse, kă-zhŭ-don-nâss′, that I gave ;
que tu donnasses, kă-tü-donnâss′, that thou gavest;
qu'il donnât, keel-don-nâ′, that he gave ;
que nous donnassions, kă-noo-don-nâ-se‿onʰ′, that we gave ;
que vous donnassiez, kă-voo-don-nâ-se‿ey′, that you gave;
qu'il donnassent, keel-don-nâss′, that they gave.

Que je finisse, kă-zhŭ-fee-neess′, that I finished;
que tu finisses, kă-tü-fee-neess′, that thou finishedst;
qu'il finît, keel-fee-nee′, that he finished;
que nous finissions, kŭ-noo-fee-nee-se‿onʰ′, that we finished ;
que vous finissiez, kă-voo-fee-nee-se‿ey′, that you finished;
qu'ils finissent, keel-fee-neess′, that they finished.

Que je vendisse, kŭ-zhŭ.vânʰ-deess′, that I sold ;
que tu vendisses, kă-tü-vânʰ-deess′, that thou soldst;
qu'il vendît, keel-vânʰ-dee′, that he sold;
que nous vendissions, kă-noo-vânʰ-dee-se‿onʰ′, that we sold ;
que vous vendissiez, kă-voo-vânʰ-dee-se‿ey′, that you sold ;
qu'il vendissent, keel-vânʰ-deess′, that they sold.

And in the same manner: je ne donne pas ; je ne finis pas; je ne vends pas ;
donné-je? finis-je? vends-je? * ne donné-je pas? ne finis-je pas? ne vends-je pas?

V. Passive form.

Etre aimé, ay′-tr-ai-mey′, to be loved.
Participe présent, étant-aimé, ey-tânʰ-tai-mey′, being loved.

Présent.

Je suis aimé, zhă-sü‿ee-zai-mey′, I am loved
tu es aimé, tü-ay-zai-mey′, thou art loved;
il est aimé, eel-ay-tai-mey′, he is loved;
elle est aimée, ell-ay-tai-mey′, she is loved;
nous sommes aimés (ées) noo-somm′-zai-mey′, we are loved ;
vous êtes aimés (ées), voo-zayt-zai-mey′, you are loved;
ils sont aimés, eel-sonʰ-tai-mey′, they are loved;
elles sont aimées, ell′-sonʰ-tai-mey′, they are loved, *f.*

· *Passé indéfini.*

J'ai été aimé, zhey-ey-tey-ai-mey′, I have been loved.

Imparfait.

J'étais aimé, zhey-tay-zai-mey′, I was loved.

Plus-que-parfait.

J'avais été aimé, zhŭ-vay-zey-tey-ai-mey′, I had been loved.

---

* Donné-je, finis-je and vends-je are avoided in conversation and "est-ce que je donne" &c. substituted.

Passé défini.

Je fus aimé, zhă-fü-zai-mey', I was loved.

Passé antérieur.

J'eus été aimé, zhü-zey-tey-ai-mey', I had been loved.

Futur.

Je serai aimé, zhă-s'rey-ai-mey', I shall be loved.

Futur antérieur.

J'aurai été aimé, zho-rey-ey-tey-ai-mey', I shall have been loved.

Conditionnel présent.

Je serais aimé, zhă-s'ray-xai-mey', I should be loved.

Conditionnel passé.

J'aurais été aimé, zho-ray-zey-tey-ai-mey', I should have been loved.

Subjonctif.

Présent.

Que je sois aimé, kă-zhă-soo_ă-zai-mey', that I be (am) loved.

Passé indéfini.

Que j'aie été aimé, kă-zhey_ee-ey-tey-ai-mey', that I have been loved.

Passé défini.

Que je fusse aimé, kă-zhă-fü'ss-ai-mey', that I (were) was loved.

Plus-que-parfait.

Que j'euse été aimé, kă-zhü'ss-ey-tey-ai-mey', that I have been loved.

And in the same manner: je ne suis pas aimé; suis-je aimé? ne suis je pas aimé.

VI. The reflective verb.

Se tromper, să-tronᶻ-pey', to deceive one's self, to be mistaken.

Simple tenses.

Présent.

Je me trompe, zhă-mă-tronᶻp', I deceive myself;
tu te trompes, tü-tă-tronᶻp', thou deceivest thyself;
il se trompe, eel-să-tronᶻp', he deceives himself;
nous nous trompons, noo-noo-tronᶻ-ponᶻ', we deceive ourselves;
vous vous trompez, voo-voo-tronᶻ-pey', you deceive yourself (yourselves);
ils se trompent, eel-să-tronᶻp', they deceive themselves.

Imparfait.

Je me trompais, zhă-mă-tronᶻ-pay, I was deceiving myself.

Passé défini.

Je me trompai, zhă-mă-tronᶻ-pey, I deceived myself.

Futur.

Je me tromperai, zhă-mă-tronᶻ-p'rey', I shall deceive myself

Conditionnel présent.

Je me tromperais, zhǎ-mǎ-tron^t-p'ray, I should deceive myself.

Impératif.

Trompe-toi, tron^{t}p-too_â', deceive thyself;
trompons-nous, tron^t-pon^t-noo', let us deceive ourselves;
trompez-vous, tron^t-pey-voo' deceive yourself (yourselves).

Subjonctif.

Présent.

Que je me trompe, kǎ-zhǎ-mǎ-tron^{t}p', that I deceive myself.

Imparfait.

Que je me trompasse, kǎ-zhǎ-mǎ-tron^t-pâss', that I deceived myself.

Compound tenses.

Présent.

Je me suis trompé (ée), zhǎ-mǎ-sü_ee-tron^t-pey', I have deceived myself
tu t'es trompé (ée), tü-tay-tron^t-pey', thou hast deceived thyself;
il s'est trompé, eel-say-tron^t-pey', he has deceived himself;
elle s'est trompée, ell'-say-tron^t-pey', she has deceived herself;
nous nous sommes trompés(ées), noo-noo-somm'-tron^t-pey', we have deceived ourselves;
vous vous êtes trompés (ées), voo-voo-zait-tron^t-pey', you have deceived yourselves;
ils se sont trompés, eel-sǎ-son^t-tron^t-pey', they have deceived themselves;
elles se sont trompées, ell'-sǎ-son^t-tron^t-pey', they have deceived themselves.

Plus-que-parfait.

Je m'étais trompé, zhǎ-mey-tay-tron^t-pey', I had been deceiving myself.

Passé antérieur.

Je me fus trompé, zhǎ-mǎ-fü-tron^t-pey', I had deceived myself.

Futur.

Je me serai trompé, zhǎ-mǎ-s'rey-tron^t-pey', I shall have deceived myself.

Conditionnel passé.

Je me serais trompé, zhǎ-mǎ-s'ray-tron^t-pey', I should have deceived myself.

Subjonctif

Passé indéfini.

Que je me sois trompé, kǎ-zhǎ-mǎ-soo_â-tron^t-pey', that I (may) have deceived myself.

Plus-que-parfait.

Que je me fusse trompé, kǎ-zhǎ-mǎ-fü'ss-tron^t-pey', that I had deceived myself.

And in the same manner: je ne me trompe pas; me trompé-je? ne me trompé-je pas?

5

56

The necessary words will now be found at the end of the book.

1.

Mon frère a un cheval dont il est content. Nous avons beaucoup d'amis; nous sommes heureux. Les méchants n'ont point d'amis, ils sont très malheureux. J'ai reçu des nouvelles de mon cousin, il est en ce moment à Bordeaux. Vous avez été à la campagne: y avez-vous eu du plaisir? Tu es assez âgé pour savoir ce que tu as à faire. Vous avez beaucoup d'affaires, et vous êtes toujours oisifs. Etes-vous prêt? Avez-vous tout ce qu'il faut pour écrire: du papier, des plumes et de l'encre? Nous ne sommes pas satisfaits de cette réponse. Vous n'êtes pas toujours si attentifs que vous devriez l'être. La nouvelle maison de mon oncle n'est pas si grande que celle qui a été détruite par les flammes. Nous avons eu le plaisir de lui annoncer que votre santé est rétablie. Il a été longtemps à Paris; c'est là qu'il a eu l'occasion de faire la connaissance du duc de Richelieu.

2.

Il avait raison de parler ainsi. Vous aviez la complaisance de me rendre ce service. Je serais parti depuis longtemps, si mon père n'avait pas été malade. N'étiez-vous pas hier à l'église vers les dix heures? N'aviez-vous pas encore de réponse, lorsque j'ai été vous voir? Ce malheur ne vous serait pas arrivé, si vous aviez été plus prudent. Nous avions tort de le croire; mais si tu avais été à notre place, tu aurais agi comme nous. N'aviez-vous pas à cette époque un oncle qui avait eu pour vous toutes sortes de bontés? Vous avez été ingrat envers lui, c'est pourquoi il vous a abandonné. Cessez donc de vous plaindre de votre sort; vous l'avez mérité.

3.

Nous eûmes la semaine passée l'avantage de dîner chez monsieur Lambert. Le soir, lorsque nous eûmes été avec lui au concert, il nous fit reconduire dans sa voiture. Nous fûmes très satisfaits de le rencontrer. Eûtes-vous la bonté de l'en prévenir? Il n'eut pas le courage de lui dire ce qu'il pensait. Dès qu'il eut eu la visite de sa tante, il partit pour Berlin. A peine eus-je été quinze jours chez lui, que j'eus l'ordre de revenir. A peine eut-il été trois mois à la campagne, que sa santé fut entièrement rétablie.

4.

Seras-tu ce soir chez monsieur A.? Ne serez-vous donc jamais raisonnable? J'espère qu'à ton retour tu auras la bonté de faire ce que tu m'as promis. Demain à la même heure nous serons à S. Tant que vous serez indisposé, vous n'aurez pas de fruits. Tu auras plus de plaisir à étudier la langue française, quand tu seras un peu plus avancé. Si vous aviez été avec moi, vous auriez eu l'avantage de vous trouver dans une société charmante. Ce monsieur n'aurait pas eu tant de flatteurs, s'il avait été moins riche. Auriez-vous la complaisance de me prêter votre livre? Si vous ne m'aviez pas aidé, je n'aurais jamais eu la patience d'achever ces dessins. Ces hommes seraient plus heureux, s'ils étaient plus modérés dans leurs désirs. Nous serions charmés de pouvoir vous être utiles.

5.

Je ne crois pas qu'il ait eu assez de prudence dans cette affaire. Croyez-vous qu'il ait toujours le temps de s'occuper de vous et qu'il ne soit là que pour vous servir? Je regrette que tu n'aies pas eu plus d'assiduité, et que tes maîtres soient mécontents de toi. Il convient que les jeunes gens soient modestes et qu'ils aient des égards pour la vieillesse. Agissez de manière qu'on n'ait pas à se plaindre de vous. Quoique nous ayons été un mois à Paris, croyez-vous que nous ayons eu le temps de voir ce qu'il y a de remarquable? Je ne croyais pas que votre frère fût si versé dans l'anglais. Je voudrais que vous fussiez plus sur vos gardes et que vous n'eussiez aucune liaison avec ce jeune homme. Je craignais que vous n'eussiez pas assez de force pour supporter cette longue fatigue.

6.

I have books and friends, I am happy. You have good pens, you are satisfied. Your brother has much intelligence, he is very modest. We have much business, we are very busy. You have always good ink, you are always industrious. Your cousins have little industry, they are very idle. I have not the time to write to day, I am not in a good humor. You do not want a knife, you are not good. This boy has not the permission to go out, he is not obedient. We have (on a) not always good friends, we are (on est) not always happy. We have no great fortune, we are not rich. You have no more handsome flowers, you are no longer so often in your garden. Your brothers have no longer any apportunity of learning, they are no longer young. Your sisters have no modesty, they are not amiable.

7.

Have I more books than my brother? Am I not happier than he? Have I not many friends? Am I not loved by all the pupils? Hast thou as many birds as thy cousin? Are you older than I? Hast thou not French books? Are you not as industrious as Charles? Has Peter more flowers than Louisa? Is Henry as naughty as Paul? Has this gentleman no more his gold watch? Is Augustus no longer your friend? Has Theresa more industry than Charlotte? Is Caroline as amiable as her sister? Has one not always time to learn? Is one not always able to make progress? Have we always what we wish? Are we always satisfied? Have we not the time to read this evening? Are we not too busy? Have you always (still) the intention to do this? Are you always (still) determined to leave? Have you not books enough? Are you not blamable (to be blamed) to neglect this opportunity? Have these children a mind to go for a walk? Have your sisters a piano? Are they still in the country?

8.

Have you not my penknife? No, I have it not. Has your brother it perhaps? No, he has it not; he had it not, when he is gone (went) away.

Who has had the copybook of my brother? I have not had it this week; perhaps I shall obtain it to-morrow; I should have it every day, if I asked for it. I do not think that you have it. (*Subj.*) I did not believe that you had had it. You have not the ribbons of my sister; you had them not on my arrival; you will not receive them this evening. I wish that you may never receive them. Are you always (still) the best friend of my brother? I am *it* (so) no longer; I was it (so) till yesterday, I have been it (was, so) till this day. Are you always (still) satisfied with your harpsichord? I should be so still, if I could play better. You do not believe that I am so still; you do not believe that I was so. Is your friend sick? He is so no more, he was so last week. He would be so still without the nursing of his mother. I shall be glad to see him again; will you be it also (be the same). We should *it* be also, if we had the pleasure of knowing him.

9.

Have you any money about you? Yes, I have some about me. Has you brother still friends? Yes, he has still many, he has always more of them than I; he would have more of them, if he were less difficult in his choice. I am glad that he has so many *of them* (*Subj.*) I wished that he had still more *of them.* Has your sister also friends *(fem.)*? No, she has none at present; but she will soon have a great many *of them.* I did not think that she had had so few of them. Have you thought of my business? I have not yet thought of it. Are you still as often in your garden? I am in it every morning; I was in it as late as (encore) ten o'clock this morning; I have sometimes been in it a whole day. If I had been there last night, I should have had much pleasure. Will you be at Mr. Sainton's this evening? No, I shall not be there. Is your mother in church? I believe that she is there. Do you believe that she is there? I wished that she was there. The servant maid will certainly be in the market or she will have been there this morning.

10.

Mes soeurs arriveront bientôt. Monsieur D. m'a invité à diner; je pense que j'y trouverai une nombreuse compagnie. Pierre a trouvé une bourse qui renfermait plusieurs pièces d'or. Montrez-moi la plume que vous avez taillée. Votre canif ne coupe plus. Si vous aviez demandé le mien, je vous l'aurais prêté avec plaisir. Désirez-vous que je vous accompagne à la promenade? Je vous remercie; je vous prie de rester à la maison afin que je vous trouve, quand je rentrerai. Monterez-vous aujourd'hui à cheval? Cette montre ne va pas bien; envoyez-la à l'horloger pour qu'il la répare. Je vous expédierais volontiers les marchandises que vous demandez; mais celles que j'ai en magasin ne sont pas assez belles. Pourquoi me traitez-vous avec tant de froideur? Confiez-moi vos chagrins, si vous voulez que je vous console.

11.

Additionnez ces nombres; vous trouverez qu'ils présentent un total de trois cent quatre-vingt-dix-neuf écus. Je vous ai ordonné de m'apporter mon chapeau et ma canne; pourquoi tardez-vous tant? Nous nous conformerons en tout point à l'ordre que vous nous avez donné. Regardez cet ouvrier qui grimpe sur ce toit; il se trouve dans une position bien périlleuse. Si son échelle vacillait, il tomberait plus de cinquante pieds de hauteur, et sa chute lui coûterait sûrement la vie. Si vous aimiez véritablement la langue française, vous l'étudieriez avec plus d'application. Je voudrais que vous achevassiez l'ouvrage que vous avez commencé. N'oubliez pas tous les avantages que vous retireriez de cette entreprise.

12.

Finissez donc. Quand finirez-vous enfin? J'aurais fini depuis longtemps, si vous ne m'en aviez empêché. Nous obéissons, parce que nous le devons. Laquelle de ces chambres choisirez-vous? Jouissez, mon ami, du repos et du bonheur que vous méritez. Je ne doute pas du succès, si nous réunissons toutes nos forces. Les enfants réfléchissent rarement. Le printemps approche, les arbres fleurissent. Ma santé s'affermit de plus en plus. J'avertirai votre père de votre négligence. Je veux qu'on l'avertisse du danger qu'il court.

13.

Rendez-moi l'argent que je vous ai prêté. Il vous rendra tout ce qu'il a pris. Pourquoi n'avez-vous pas rendu mon salut? Nous rendrons un jour compte de nos actions. Nous ne vendons pas ces étoffes en détail. Je ne sais pas si on vend cette marchandise au quintal ou à la livre. Je ne vendrais pas mon jardin, si les circonstances ne m'y obligeaient pas. Je n'entends pas le sens de cette phrase. Je répondrai à sa lettre du neuf de ce mois. Répondez-moi le plutôt possible. Les écoliers répondront aux questions des maîtres. Vous perdrez tous vos amis. Il a perdu hier tout son argent au jeu. Il descendit de cheval pour ramasser sa bourse. Charles, descends un peu. Prenez garde, ce chien mord. Je ne veux pas qu'on le batte.

14.

I love the brother of my friend, but I do not love his sister, because she is too naughty. I think no longer of these trifles. I buy all my pens at this merchant's. I profit by this opportunity to tell you my opinion. I prefer my pencils to yours. You praise your cousin (*m.*) but not your cousin (*f.*) My friend loved his brothers and his sisters. He is looking for his book, which he has lost yesterday. You do not find your hat. We lend you all we have, but you lend us nothing. You forget all that I tell you. Are you thinking of your lesson or of your birds. These boys repeat their lesson whilst these girls chat. My brothers are looking for flowers, and your sisters relate (to) us a handsome story.

15.

I found your friend on the promenade *ground*. My sisters were waiting for us. Your brother was looking for his gloves. Your mother was buying ribbons and selected the handsomest for you. I should punish him, if he lost his books. You would never *lie* if you loved God and your parents. Why did you beat your dog? Your sisters showed me their piano. We lived formerly in this street. You went out on horseback, formerly, every day. You loved always the French language. Your cousin was not fond of coffee. Your friends (*fem.*) sung very well. You wore always black *clothes*

16.

I shall arrive next Monday. I shall give her this ribbon, if she is reasonable. You will not long enjoy *of* this happiness. He will bring you your copybook. You will fall into the water, if you do not take care. We shall leave next Sunday. We shall find your brother at the ball. I shall think of this business all my life. When I shall have finished, I shall accompany you. Your friends will never forgive you this fault. If you lose your gloves, I shall buy you no others.

17.

I should give you a good (handsome) reward if you rendered me this service. You would cry less if you were more attentive. Your father would pardon you if you did not lie so often. We should fill our glasses if we were thirsty. Your sisters would wait for us if we demanded it. You would find your books if you looked better. These gentlemen would accompany us if they had time. I should willingly lend you my penknife if I had it about me. We should not choose these ribbons, those are much handsomer.

18.

Tu es aimé de tes amis. Tu n'es loué de personne. Le pauvre est abandonné de tout le monde. Honore ton père et ta mère, et tu seras honoré. Un enfant sage ne sera jamais haï. Les méchants seront punis. Tu as été châtié par ton maître pour avoir babillé. Quand mon livre sera relié, je vous le prêterai de tout mon coeur. Ta soeur est aimé de ses maîtres, parce qu'elle est toujours appliquée et attentive. Charles a été puni pour n'avoir pas achevé son thème. Faites votre devoir pour que vous ne soyez pas punis. Parlez plus haut afin que vous soyez entendus. Si vous remplissez vos devoirs, vous serez aimés et loués.

19.

Plus on se hâte, moins on avance. Vous vous placez toujours devant moi, placez-vous donc ailleurs. Nous nous sommes bien amusés chez monsieur D. Nous nous réjouissons sincèrement de vous trouver en bonne santé. Nous nous sommes réjouis à la lecture de cette intéressante lettre. Vous êtes-vous baigné ce matin? Non, je ne me suis pas encore baigné aujourd'hui, mais je me baignerai ce soir. Comment vous êtes-vous porté depuis que je ne vous ai vu? Très bien, je vous remercie; je me porte toujours à merveille, quand je suis à la campagne. A quelle heure vous êtes-vous levé ce matin? Je me suis levé à cinq heures; je me lève tous les jours de bonne heure. Autrefois je me levais à quatre heures. Comment s'appelle ce jeune homme? Je crois qu'il s'appelle Henri.

20.

I walk every day from five till six o'clock. How (what) do you call yourself (what is your name)? My name is Ferdinand. How is your brother? He is not well. How are you? Are you well? We are very well. You have deceived yourself (you have been mistaken). Your sister has also been mistaken. I have risen at six o'clock. This pupil has improved. My little dog has lost himself. These boys had quarreled. I shall not meddle with this business. You will bring upon yourself reproaches. My father will soon betake himself (go) to Berlin. With what do you occupy yourself the whole day? I should never have comforted myself (never have been comfortable again), if he had died. Conceal thyself. Rest thyself a little. Occupy yourselves.

VII. Irregular Verbs.

21.

Dire, deerr, to say.

Prés. Je dis, zhă-dee′, I say, I am saying;
    tu dis, tü-dee′, thou sayest;
    il dit, eel-dee′, he says;
    nous disons, noo-dee-son°′, we say;
    vous disez, voo-dee-sey′, you say;
    ils disent, eel-deez′, they say.
Imparf. Je disais, zhă-dee-zais′, I was saying.
Prét. déf. Je dis, zhă-dee′, I said.
Subj. prés. Que je dise, kă-zhă-deez′, that I say.
  " *imp.* Que je disse, kă-zhă-deess′, that I said.
Part. passé. Dit, dee′, said.

J'ai quelque chose à vous dire. Qu'avez vous à me dire? Je ne vous dis rien. Dites-le moi seulement. Je vous le dirai une autrefois. Vous ne direz pas à mon père ce que je vous ai répondu. Ne lui dites pas que je suis encore au lit. Que vous a-t-il dit? Ne vous l'ai-je pas dit? Vous ne me l'avez pas encore dit. Voulez-vous que je le dise? Il ne faut pas dire tout ce qu'on sait. Il me l'a dit à l'oreille. Qu'est ce qu'il vous a dit? Je ne lui ai dit que la vérité. Qu'il dise ce qu'il veut. Je suis fâché de l'avoir dit. Qu'en dites-vous? Je vous le dirais avec plaisir, si je le savais. Si je disais autrement, je mentirais. Je dis hier à mon cousin de venir me voir. Il disait souvent qu'il regrettait la mort de son ami.

22.

What do you say (think) of my garden? My brother has not told me that you were here. What has my mother told you? Have I told you to bring this book? What do they say in town of the war? My father told me yesterday that you would sell your house. I have forbidden him to sell it to his brother. I shall tell him nothing more. What do you wish me to tell? I have already told him to-day. My father does not wish that

you should tell (*Subj.*) it to your friend.   I believe that he has told all.
If I had sold it sooner, he would have been angry.

23.

Ecrire, ey-kreer', to write.

Prés. J'écris, zhey-kree', I write, I am writing;
tu écris, tü-ey-kree', thou writest;
il écrit, eel-ey-kree', he writes;
nous écrivons, noo-zey-kree-von⁸', we write;
vous écrivez, voo-zey-kree-vey', you write;
ils écrivent, eel-zey-kreev', they write.

Imparf. J'écrivais, zhey-kroe-vay', I was writing.
Prét. déf. J'écrivis, zhey-kree-vee', I wrote.
Subj. prés. Que j'écrive, kŭ-zhey-kreev', that I write.
" *imp.* Que j'écrivisse, kŭ-zhey-kree-veess', that I wrote.
Part. passé. écrit, ey-kree', written.

J'écris une lettre à mon frère; mais vous ne lui écrivez pas.   Ne lui
écrit-il pas?   Non, mais sa soeur lui écrit.   J'écrivais mieux autrefois, que
je n'écris à présent.   J'écrivis hier à mon oncle.   As-tu écrit aujourd'hui
à ton oncle?   Je lui ai écrit ce matin.   Ecrivez-lui cela.   Je l'avais déjà
écrit.   Si j'avais une bonne plume, j'écrirais aussi.   Lorsque j'aurais plus
de loisir, je vous écrirai plus au long.   Quand lui écrirez-vous?   Il n'est
pas nécessaire de lui écrire.   Vous écrivez trop vite; écrivez plus lentement.
Montrez-moi ce que vous avez écrit.   Quelle est la meilleure écriture de ces
deux?   Il faut que vous écriviez encore une fois.   Je reconnais ton écriture.

24.

I shall write to him to-morrow.   My friends will certainly write to me.
I wrote to them a month ago, but I do not know whether my letter is (has)
arrived.   You write better than your brother.   I have written to him to
buy some books for me.   What has he written to you?   Will you write
him *still* to-day?   I should have written him sooner, if I had not thought
that he was [*Subj.*] (had) departed.   What are you writing?   What have
you written to him?   Will you not write to him to-day?   Who has written
this?   I believe that my brother has written this, I know his handwriting.

25.

Lire, leer, to read.

Prés. Je lis, zhŭ-lee', I read, I am reading;
tu lis, tü-lee', thou readest;
il lit, eel-lee', he reads;
nous lisons, noo-lee-zon⁸', we read;
vous lisez, voo-lee-sey', you read;
ils lisent, eel-leez', they read.

Imparf. Je lisais, zhŭ-lee-zay', I was reading.
Prét. déf. Je lus, zhŭ-lü', I read.
Subj. prés. Que je lise, kŭ-zhŭ-leez', that I read.
" *imp.* Que je lusse, kŭ-zhŭ-lü'ss', that I read (did read).
Part. passé. Lu, lü, read.

Que lisez-vous là?   Je lis la gazette française.   Nous la lisons aussi.
Mon père la lisait autrefois, mais à présent il ne la lit plus.   J'ai lu

aujourd'hui la gazette de Cologne. Mon père lut hier celle de Vienne. Je lirai bientôt un beau livre qu'on m'a prêté. Nous lirions plus souvent, si nous avions plus de temps. Vous aimez donc beaucoup la lecture. Voulez-vous que je vous lise cette lettre? Vous ne lisez pas bien. Comment faut-il lire ce mot-ci? Je voudrais bien savoir lire comme vous. Retenez bien ce que vous avez lu. Mes enfants ne lisent presque pas, ils ont peu de goût pour la lecture. Je leur dis souvent qu'ils ont tort de négliger la lecture qui forme le coeur et l'esprit.

26.

You are always reading French books. We read only German works. My brother never reads. Formerly we read much more. Have you already read to-day's paper? We have not yet read it, but I believe that my father has read it. Will you read the letter of your uncle? I should like to read it, if I had it with me. Do you wish that I should read (*Subj.*) this to you? This boy cannot read yet.

27.

Mettre, met'-tr, to put.

Prés. Je mets, zhŭ-may', I put, I am putting;
tu mets, tü-may', thou puttest;
il met, eel-may', he puts;
nous mettons, noo-met-ton', we put;
vous mettez, voo-met-tey', you put;
ils mettent, eel-mett', they put.
Imparf. Je mettais, zhŭ-met-tay', I was putting.
Prét. déf. Je mis, zhŭ-mee', I put.
Subj. prés. Que je mette, kŭ-zhŭ-met', that I put.
" *imp.* Que je misse, kŭ-zhŭ-meess', that I put (did put).
Part. passé. Mis, mee, put.

Mettez cette chaise à sa place. Je mets mes livres en ordre. Je mettrai aujourd'hui un autre habit. Où avez-vous mis mon chapeau? Si je mettais d'autres bas, je mettrais aussi d'autres souliers. Je mis hier mon livre sur la table. J'ai mis ce matin mon habit dans le coffre; si je l'avais mis ailleurs, je ne l'aurais pas mis à sa place. Où voulez-vous que je mette votre linge? Mettez-le où il vous plaira. Croyez-vous que je l'aie mis sur le lit? Mettons-nous à table. Tout est mis en ordre. Je mettrai ceci à part. Nous avons mis à la loterie. Je n'y ai pas mis; je voudrais bien y mettre. J'y mettrais, si la mise n'était pas trop grande. On met autant qu'on veut. J'y mettrai demain, et les autres y mettront aussi. Nous y mîmes l'année passée, mais notre père, ne veut plus que nous y mettions.

28.

Put this letter upon the table of my father. Where have you put my books? I shall put your dress into that room. Which dress will you put on to day? If the weather were fine, I should put on my white dress. I yesterday, put some money on this table, have you found it? My cousin seldom puts on these stockings. Allow me to go in. Is it allowed to go out? You have promised me to come and see me. The time did not allow me to go out. I promise you to hand him your letter. Why have you not yet handed it to him? I have not yet had the opportunity of handing it to him. I shall hand it to him to morrow.

29.

Prendre, prân^s-dr, to take.

Prés. Je prends, zhă-prân^s, I take;
tu prands, tü-prân^s, thou takest;
il prend, eel-prân^s, he takes;
nous prenons, noo-prŭ-non^s, we take;
vous prenez, voo-prŭ-ney', you take;
ils prennent, eel-prenn', they take.
Imparf. Je prenais, zhă-prŭ-nay', I was taking.
Prét. déf. Je pris, zhă-pree', I took.
Subj. prés. Que je prenne, kă-zhă-prenn', that I take.
" *imp.* Que je prisse, kă-zhă-preess', that I took.
Part. passé. Pris, pree, taken.

Je prends ceci pour moi. Combien prenez-vous? Nous prenons la moitié. Mes frères prennent ce qui reste. Voulez-vous prendre place? Je pris hier cet oiseau dans notre jardin. Prenez encore une tasse de café. J'en ai déjà pris deux tasses. Je n'ai encore rien pris. Je prendrai une tasse de chocolat. Que voulez-vous que je prenne? Prenez ce que vous voulez. Prenez cet enfant par la main. La servante le prendra bien sur le bras. Nous prendrions de cette étoffe, si mon oncle n'avait pas tout pris. Apprenez-vous à danser? Mes frères apprennent la langue française. J'ai appris que monsieur Moll est mort. Comprenez-vous cela? Je ne vous comprends pas. Je crois que tous mes écoliers ont compris cette règle. Pour qui me prenez-vous? Vous me prenez pour un sot. Je vous prends au mot.

30.

Do you learn to sing? We learn to dance. Your brother takes always my pen. Why do you not also take his? We never take the pens of our friends. One has taken all (from) me. Will you drink a cup of tea? I thank you, I shall drink a cup of milk. Have you learned your lesson? I have not yet learned it; I shall learn it this evening. I have learned that your brother has left for France. I comprehend very well, what you explain to me. Where have you caught that bird?

31.

Faire, fairr, to make, to do, to cause, to be.

Prés. Je fais, zhă-fay', I make;
tu fais, tü-fay', thou makest;
il fait, eel-fai', he makes;
nous faisons, noo-fai-zon^s, we make;
vous faites, voo-fait', you make;
ils font, eel-fon^s, they make.
Imparf. Je faisais, zhă-fă-zay', I was making.
Prét. déf. Je fis, zhă-fee', I made.

Subj. prés. Que je fasse, kŭ-zhŭ-fằss', that I make.
" *imp.* Que je fisse, kŭ-zhŭ-feess', that I made.
Part. passé. Fait, fai', made.

Que faites-vous? Je fais ce que vous m'avez ordonné Nous faisons ce que nous avons à faire. Ces garçons ne font rien. Pourquoi ne font-ils rien? Parce que vous ne faites rien non plus. Et ces filles-là, n'ont-elles rien à faire? Je ne sais que faire. Que faisiez-vous, lorsque je suis entré? J'allumais le feu. Je fis hier le tour de la ville. La servante fera tout à l'heure le lit. Que ferez-vous ce soir? Je ferai ce soir ce que vous fîtes hier. Faites ce que vous voulez. Faisons toujours notre devoir. Ne faites du mal à personne. Si j'étais riche comme vous, je ferais bâtir une belle maison. Votre frère ne fait que courir. Ces enfants ne font que boire et manger. Faites-moi voir ce paysage. Je suis malade, je ferai venir le médecin.

32.

Have you already done, what I have ordered you? What has the boy done? Why do you beat him? These people do all that pleases them (they please). I believe that my father will do it. Do what one has ordered you (what you have been ordered). We do all that our teacher orders us. We shall make (take) a walk this afternoon. Do you wish me to make my exercise? Make (give) my compliments to your father. What was your brother doing, when this happened? Mr. N. yesterday sent word to my uncle to announce the arrival of my sister.

33.

Connaître, kon-nay'-tr, to know.

Prés. Je connais, zhă-kon-nay', I know;
tu connais, tü-kon-nay', thou knowest;
il connaît, eel-kon-nay', he knows;
nous connaissons, noo-kon-nai-son', we know;
vous connaissez, voo-kon-nai-sey', you know;
ils connaissent, eel-kon-naiss', they know.
Imparf. Je connaissais, zhă-kon-nai-say', I know.
Prét. déf. Je connus, zhŭ-kon-nü', I knew.
Subj. prés. Que je connaisse, kă-zhă-kon-naiss', that I know.
" *imp.* Que je connusse, kă-zhă-kon-nü'ss', that I knew.
Part. passé. Connu, kon-nü', known.

A présent je vous connais. Me connaissez-vous aussi? Je ne connais personne ici. Votre frère me connaît très bien. Nous connaissons ici beaucoup de monde. Je ne connaissais pas votre soeur. J'ai bien connu votre oncle. Si je connaissais votre mère, je connaîtrais aussi votre père. Il ne vous connaîtra plus. Demandez-lui s'il me connaît encore. On veut que je connaisse cette demoiselle. Elle vint à moi sans que je la connusse. Je ne crois pas que vous l'ayez connue. Quand je la verrai, je la connaîtrai bien. Il faut faire connaissance avec elle. Je vous ai vu avec une de vos connaissances, que je n'ai pas l'honneur de connaître. J'ai reconnu votre cousin à la voix.

34.

I know this man, I have often seen him at my uncle's. Do you also know these ladies? I do not know a single lady. We have known one another this long time. Your friend knows me no more. Does he know you no more? He will know you very well. The soldiers have recognized him when he was leaving the town. I should not recognize him, if he were alone. These children know every body. You had a great many acquaintances when you were in Berlin. Yesterday I met your cousin, without recognizing him. We should know more people, if we went out more frequently; at Trenton we know half the town, here we know only a few families.

35.

Croire, kroo͜arr′, to believe.

Prés. Je crois, zhŭ-kroo͜â′, I believe;
tu crois, tü-kroo͜â′, thou believest;
il croit, eel-kroo͜â′, he believes;
nous croyons, noo-kroo͜â-yon″, we believe;
vous croyez, voo-kroo͜â-yey′, you believe;
ils croient, eel-kroo͜â′, they believe.
Imparf. Je croyais, zhŭ-kroo͜â-yay′, I believed.
Prét. déf. Je crus, zhŭ-krü′, I believed.
Subj. prés. Que je croie, kŭ-zhŭ-kroo͜â′, that I believe.
" *imp.* Que je crusse, kŭ-zhŭ-krü′ss′, that I believed.
Part. passé. Cru, krü′, believed.

Je crois qu'il est déjà tard. Nous ne le croyons pas. Le croyez-vous? Je ne le crois pas. Mon frère ne le croit pas non plus. Si je le croyais, je me tromperais. Je n'ai jamais cru cela. Qui aurait cru cela? Je le croirais, si vous me le disiez. C'est une chose incroyable. Ne croyez pas cela. Il ne faut pas tout croire. Nous croyons justement le contraire. Vous le croiriez bien, si vous le voyiez. Ces messieurs ne le croient pas. Comment voulez-vous que je croie cela? Votre frère croyait tout ce qu'on lui disait; il était trop crédule. Ne le croyez pas, c'est un menteur. Il le croit comme l'évangile. Il ne le croirait pas, s'il vous connaissait.

36.

Do you think that he has done it? I do not believe it at all. Your sister is very credulous, she believes all one tells her (she is told). You lie, I shall believe you no more. We do not believe that he will arrive to-day. I have told it to these children, but they do not believe it. They would believe it, if you told it to them. Write it to your uncle, but he will not believe it. It is impossible that he should believe it. We should not believe it either. Believe me I always tell the truth.

37.

Boire, boo-arr′, to drink.

Prés. Je bois, zhŭ-boo-â′, I drink;
tu bois, tü-boo-â′, thou drinkest;
il boit, eel-boo͜â′, he drinks;

Prés. nous buvons, noo-bü-von*'*, we drink;
vous buvez, voo-bü-vey*'*, you drink;
ils boivent, eel-boo-âv*'*, they drink.
Imparf. Je buvais, zhŭ-bü-vay*'*, I was drinking.
Prét. déf. Je bus, zhŭ-bü*'*, I drank.
Subj. prés. Que je boive, kŭ-zhŭ-boo_âv*'*, that I drink.
" *imp.* Que je busse, kŭ-zhŭ-bü'ss*'*, that I drank.
Part. passé. bu, bü, drunk.

N'avez-vous rien à boire ici? Buvez, s'il vous plaît. Je ne bois point
de vin. Nous ne buvons que de l'eau, et mon frère boit de la bière.
Vous ne buvez pas? J'ai l'honneur de boire à votre santé. Si je buvais
avant midi, je gâterais mon appétit. Je bus hier un grand verre de bière,
mais aujourd'hui j'ai bu du vin. Quand j'aurai bu, vous boirez aussi.
Mais n'en buvez pas trop. Nous boirons ensemble. Il a un peu trop bu.
Il ne mange guère, mais il boit bien. Qui a bu dans mon verre? Nous
avons assez bu. Je ne veux plus boire. Le vin que nous bûmes hier était
si bon que chacun en but une bouteille.

38.

I believe he has drunk too much. He drank only water. If I had wine
I should not drink this beer. You drink too little. Why do you not drink?
I should drink more, if I were not unwell. You will drink one glass more?
Pardon me, I shall drink no more. How do you find this wine? This wine
is excellent; I have often drunk of it. Do your brothers also drink? My
eldest brother drinks nothing but water, and my sister has never drunk a
drop of beer. When she drinks wine or beer, she falls sick.

39.

Venir, vŭ-neer*'*, to come.

Prés. Je viens, zhŭ-ve_an*'*, I come;
tu viens, tü-ve_an*'*, thou comest;
il vient, eel-ve_an*'*, he comes;
nous venons, noo-vŭ-non*'*, we come;
vous venez, voo-vŭ-ney*'*, you come;
ils viennent, eel-ve-enn*'*, they come.
Imparf. Je venais, zhŭ-vŭ-nay*'*, I was coming.
Prét. déf. Je vins, zhŭ-van*'*, I came.
Fut. Je viendrai, zhŭ-ve-an*'*-drey*'*, I shall come.
Subj. prés. Que je vienne, kŭ-zhŭ-ve-enn*'*, that I come.
" *imp.* Que je vinsse, kŭ-zhŭ-van*'*ss*'*, that I came.
Part. passé. Venu, vŭnü*'*, come.

D'où venez-vous si tard? Je viens d'une grande promenade. Nous
venons de l'église. D'où veniez-vous ce matin, lorsque je vous ai rencontré?
Je venais de chez mon oncle qui est arrivé il y a huit jours. Je vins hier
trop tard; mais ce matin je suis venu plus tôt. Si j'étais venu un peu plus
tard, je serais venu avec vos soeurs. Je viendrais plus tôt, mais je n'en
aurai pas le temps. Je voudrais pourtant que vous vinssiez à huit heures.
Voilà mon frère qui vient au devant de moi. Monsieur votre père est-il au
logis? Non, il vient de sortir. Où sont mesdemoiselles vos soeurs? Elles
viennent d'arriver. Vous venez fort à propos, j'ai un mot à vous dire.

Quand êtes-vous revenu? Reviendra-t-il bientôt? Je m'en souviendrai toute ma vie. Vous ne vous êtes pas souvenu de moi.

40

You come very late my dear Charles. I come from Mr. Moll, who is sick. Is my brother already come? Your father will also come. Do you come from the town? Will you come to our house to-morrow? If I have time, I shall come. Formerly you came to our house every day. At what o'clock will your brother come? My father wishes you to come also. My uncle will not return to-morrow. This merchant has become rich in a short time. This girl will become (grow) very handsome. Your friends have become much more miserly. Your brother remembers me no more. We always remember our friends.

41.

Tenir, tă-neerr', to hold.

Prés. Je tiens, zhă-te-an*', I hold;
tu tiens, tü-te-an*', thou holdest;
il tient, eel-te-an*', he holds;
nous tenons, noo-tă-non*', we hold;
vous tenez, voo-tă-ney', you hold;
ils tiennent, eel-te-enn', they hold.
Imparf. Je tenais, zhă-tă-nay', I was holding.
Prét. déf. Je tins, zhă-tan*', I held.
Fut. Je tiendrai, zhă-te-an*-drey', I shall hold.
Subj. prés. Que je tienne, kă-zhă-te-enn', that I hold.
" *imp.* Que je tinsse, kă-zhă-tan*ss', that I held.
Part. passé. Tenu, tenü', hold.

Que tenez-vous dans votre main? Je tiens un livre. Que croyez-vous que je tienne? Je croyais que vous teniez le canif que mon frère a perdu. Tenez, voilà un écu pour le pauvre homme qui est à la porte. Vous retenez le bien d'autrui. Retenez bien ce que vous apprenez par coeur. A qui appartient cette maison? Toutes ces maisons et tous ces jardins appartiennent au voisin de notre oncle. Mon frère soutient qu'on l'a trompé. Vous soutenez toujours le contraire de ce que les autres soutiennent. Mon ami a obtenu une bonne place; il est le seul soutien de sa famille. Vous êtes pressé, je vous retiens peut-être. Adieu, je reviendrai dans une heure.

42.

My cousin will return to-morrow; he has become very learned. He gets a good situation. You have not kept your word, you did not come back. I held your letter in my hand when your father came. My uncle maintains that Mr. N. will not return. To whom belong these beautiful meadows? These meadows belonged formerly to the rich neighbor of my uncle, but now they belong to the count. This book belongs to one of my friends, who has lent it to me. He did not remember to have lent it to me. Your sister has obtained what she wished (for). You will not obtain *the* permission from your father, to go out. I obtain every thing from my father when I am good and industrious.

43.

Servir, serr-veerr', to serve.

Prés. Je sers, zhŭ-sairr', I serve;
tu sers, tü-sairr', thou servest;
il sert, eel-sairr', he serves;
nous servons, noo-serr-von⁵', we serve;
vous servez, voo-serr-vey', you serve;
ils servent, eel-serrv', they serve.

Imparf. Je servais, zhŭ-serr-vay', I was serving.

Prét. déf. Je servis, zhŭ-serr-vee', I served.

Subj. prés. Que je serve, kă-zhă-serrv', that I serve.

"   *imp.* Que je servisse, kă-zhŭ-serr-veess', that I served.

Part. passé. Servi, serr-vee', served.

Je sers volontiers mes amis. Nous servons tout le monde. Votre ami ne sert personne. Servez vos parents, et vous serez récompensés. J'ai toujours servi mon prochain. Je vous servirais volontiers, si cela était en mon pouvoir. A quoi sert cela? Cela sert à plusieurs choses. Cela me sert de sel. Cela ne vous servira de rien. Je me servirai de vos livres. Je ne m'en sers plus. Servez-vous des miens. Combien de temps avez-vous servi? Je n'ai servi que trois ans. Je voudrais avoir servi plus longtemps. Cette action servira à votre gloire. On a servi, mettons-nous à table. Voulez-vous que je vous serve de cela? Vous êtes bien honnête.

44.

This young man has served in the regiment of my uncle. One ought to serve one's friends willingly. Your cousin has served me most. Make use of this penknife, it is better than that. I shall make use of this opportunity to write to my friends. I have made use of your book. My servant serves (has served) me since (for) seven years. We often make use of this carriage. That is of no use to me. I wished you would serve (*Subj.*) me herein, I should be very grateful to go for it.

45.

Sortir, sorr-teerr', to go out.

Prés. Je sors, zhŭ-sorr', I go out;
tu sors, tü-sorr', thou goest out;
il sort, eel-sorr', he goes out;
nous sortons, noo-sorr-ton⁵', we go out
vous sortez, voo-sorr-tey', you go out;
ils sortent, eel-sorrt', they go out.

Imparf. Je sortais, zhŭ-sorr-tay', I was going out.

Prét. déf. Je sortis, zhŭ-sorr-tee', I went out.

Subj. prés. Que je sorte, kă-zhă-sorrt', that I go out.

"   *imp.* Que je sortisse, kă-zhă-sorr-teess', that I went out or might go out.

Part. passé. Sorti, sorr-tee', gone out.

Je sors tous les matins à sept heures. Et toi, à quelle heure sors-tu? Je ne sors pas si matin. Nous sortons toutes les après-midis, mais vous ne sortez presque jamais. Mes frères sortent souvent. Si je sortais après vous, je viendrais trop tard. Sortons ensemble; mais ne sortons pas avant midi.

Je sortis hier à six heures Et vous, à quelle heure sortîtes-vous? Je suis
sorti un peu tard aujourd'hui. Vous êtes sorti sans me le dire. Si j'étais
sorti, je vous l'aurais dit. Demain je sortirai de bonne heure. Pourquoi
n'êtes-vous pas sorti avec moi? Il faut que je sorte à sept heures et demie.
Ma mère ne voulait pas que je sortisse. Si vous sortez sans ma permission,
vous ne sortirez plus jamais.

46.

Why do you not go out? Are you sick? I shall go out later; I have
still two letters to write. Is your brother gone out? No he is not yet gone
out, but he will go out immediately. I should go out if I had ended my
letters. Wait a little longer, we shall go out together. You go out seldom,
have you so much to do? We must now go out, come with us. Every body
is gone out. I should like to go out also, if I had not so much to do. I shall
come later to your house.

47.

Partir, parr-teerr', to set out, to depart; dormir, dorr-meerr', to sleep.
Prés. Je pars, zhă-parr', I depart; je dors, zhă-dorr', I sleep.
Imparf. Je partais, zhă-parr-tay', I was departing; je dormais, zhă-dorr-may',
  I was sleeping.
Prét. déf. Je partis, zhă-parr-tee', I departed; je dormis, zhă-dorr-mee', I slept.
Subj. prés. Que je parte, kă-zhă-parrt', that I depart; que je dorme, kă-zhă-
  dorrm', that I sleep.
 " *imp.* Que je partisse, kă-zhă-parr-teess', that I departed; que je dormisse,
  kă-zhă-dorr-meess', that I slept.
Part. passé. Parti, par-tee', departed; dormi, dorr-mee', slept.

Je pars demain pour Bruxelles. Nous partons pour Paris. Voulez-vous
partir avec moi? Je partirais volontiers, si je pouvais. Si vous partez,
mon frère partira avec vous. Nous partirons donc ensemble. Il faut que
je parte bientôt. Ma femme ne voulait pas que je partisse. Croyez-vous
que mon oncle soit déjà parti? Je ne le sais pas. Comment, vous êtes
encore au lit? Laissez-moi dormir. Vous dormez toujours la grasse matinée. Avez-vous bien dormi? Je voudrais bien dormir encore une heure.
Ma soeur ne veut pas que je dorme. J'ai sommeil; je m'endormirai bientôt.
Je m'endormis hier à table. Si j'étais seul, je m'endormirais aussi. Je
voudrais que cet enfant fût endormi.

48.

When do you set out? I shall set out to-morrow or the day after. When
will your father leave for England? He is departed already, three days
ago. I should start *still* this evening for Hamburg if I had a good horse.
At what o'clock will you set out? My children sleep still (are still asleep),
go *and* call them. I have called them an hour ago, but they have fallen
asleep again. If I am still asleep at six o'clock, you will call me. Where,
is your brother? He is still in bed; he is still asleep. I have not slept
the whole night. I should be still asleep, if you had not called me.

49.

Sentir, sân^t-teer′, to feel.

Prés. Je sens, zhă-sân^s′, I feel;
    tu sens, tŭ-sâu^s′, thou feelest;
    il sens, eel-sân^s′, he feels;
    nous sentons, noo-sân^s-ton^s′, we feel;
    vous sentez, voo-sân^s-tey′, you feel;
    ils sentent, eel-sân^st′, they feel.
Imparf. Je sentais, zhă-sân^s-tais′, I felt.
Prét. déf. Je sentis, zhŭ-sân^s-tee′, I felt.
Subj. prés. Que je sente, kă-zhă-sân^st′, that I feel.
  " *imp.* Que je sentisse, kă-zhă-sân^s-teess′, that I felt.
Part. passé. Senti, sân^s-tee′, felt.

Il sent bon ici. Qu'avez-vous là qui sent si mauvais? Que ces fleurs sentent bon! C'est une odeur agréable! Je l'ai sentie de loin. Toute la chambre en sent encore. Voulez-vous sentir quelque chose de bon? Je ne sens rien. La viande sent le brûlé. Pourquoi mentez-vous? Je ne mens pas; je ne veux plus mentir. Je n'ai pas menti depuis longtemps. Si j'avais menti, je le dirais. Je ne mentirai plus jamais. Pourquoi mentirai-je? Voulez-vous que je mente? Il croit que j'ai menti. Je voudrais n'avoir pas menti. Je sens que j'ai tort. Mon père sent de grandes douleurs. Je me repens de ma faute. Je m'en repentirai toute ma vie. Mon frère se repent aussi d'avoir menti. Vous avez fait une grande faute, vous vous en repentirez un jour. Je m'en suis déjà repenti.

50.

We ought never to lie. I should lie, if I asserted to have had much trouble. I believe *that* you lie. Your sister is a little liar. My brother seldom lies; he loves the truth. This flower smells good, but that one smells bad. I repent to have offended you; pardon me. If you feel that you are wrong, I shall pardon you. I have told a lie once, but I shall never lie more (again). My brother has also repented of his fault.

51.

Couvrir, koo-vreer′, to cover

Prés. Je couvre, zhă-koo′-vr, I cover.
Imparf. Je couvrais, zhă-koo-vray′, I was covering.
Prét. déf. Je couvris, zhă-koo-vree′, I covered.
Subj. prés. Que je couvre, kă-zhă-koo′-vr, that I cover.
  " *imp.* Que je couvrisse, kă-zhă-koo-vreess′, that I covered.
Part. passé. Couvert, koo-vairr′, covered.

Ouvrez la porte. La porte est ouverte. N'ouvrez pas la fenêtre. Qui a ouvert toutes les fenêtres? Mon frère ouvre toujours la porte et les fenêtres. J'ai reçu une lettre de ton ami; mais je ne l'ouvrirai pas. Le domestique qui m'ouvrit la porte, me dit que tu n'étais pas au logis. Faut-il que je souffre cela? Je souffre plus que je ne dis. Nous souffrons tous. Mon ami ne peut pas souffrir cet homme. Il a beaucoup souffert. Il ne souffrira plus ces impertinences. Couvrez ce tableau. Je l'ai déjà couvert.

6

Ne couvrez pas ces fleurs. Le jardinier ne veut pas qu'on les couvre. Si j'avais couvert ce chaudron il aurait crevé. Quoique j'aie couvert ces fruits d'une assiette, on y a pourtant touché.

52.

I do not allow, that one offends you. Will you suffer, that one offends your friends (your friends to be offended)? I heard, that he opened the window and called his servant. Open the door, there is somebody there. Allow (me) that I show this letter to my father. Who has covered this boiler? Do you wish that I open the window a little? It smells disagreable in this room. Open rather the door, I cannot bear the air from outside. Cover yourself with your cloak, it is very cold.

53.

Pouvoir, poo-voo-ârr′, to be able.

Prés. Je puis, zhă-pü‿ee′, je peux, zhă-pŏ′, I can;
    tu peux, tü-pŏ′, thou canst;
    il peut, eel-pŏ′, he can;
    nous pouvons, noo-poo-von′′, we can;
    vous pouvez, voo-poo-vey′, you can;
    ils peuvent, eel-pŏv′, they can;
Imparf. Je pouvais, zhă-poo-vay′, I could.
Prét. déf. Je pus, zhă-pü′, I could.
Fut. Je pourrai, zhă-poor-rey′, I shall be able.
Subj. prés. Que je puisse, kă-zhă-pü‿eess′, that I can.
   " *imp.* Que je pusse, kă-zhă-pü′ss, that I could.
Part. passé. Pu, pü′, been able.

Pouvez-vous faire cela? Oui, je le puis; mais mon frère ne le peut pas. Nous ne le pouvons pas non plus, mais nos soeurs le peuvent bien. Si je pouvais aller jusqu'au marché, je pourrais aussi aller plus loin. Je ne pus pas hier sortir du logis. Je pourrai peut-être sortir demain. Si j'avais pu écrire à l'un, j'aurais pu écrire aussi à l'autre. Croyez-vous que je puisse porter cela? Il ne croyait pas que je pusse jeter si loin. Je voudrais que nous pussions sortir et que vous pussiez aller avec nous. Votre père n'est-il pas encore revenu? Il peut revenir encore aujourd'hui. Je ne pouvais repondre à votre lettre, parce que mon père n'était pas encore revenu. Pouvez-vous me prêter ce livre pour quelques jours? Je ne puis, il appartient à monsieur Moll à qui il faut le renvoyer ce soir.

54.

Can you tell me what o'clock it is? I can not tell *it* you. If I had a watch I should be able to tell you. I shall not be able to go out to day, because my father is sick. My brother will not be able to come. Nor do I believe that he will be able to come to-morrow. I wished (wish) however that he could come. I have not yet been able to tell him that you are (have) arrived. I could lend you this book if it belonged to me. When will you be able to make your exercises? We shall be able to make them together this afternoon. Your brother can bring this letter to the postoffice. These children cannot go out; because they are sick.

55.

Savoir, sâ-voo‿arr', to know, to be able.

Prés. Je sais, zhŭ-say', I know;
tu sais, tŭ-say', thou knowest;
il sait, eel-sai', he knows;
nous savons, noo-sâ-von', we know;
vous savez, voo-sâ-vey', you know;
ils savent, eel-sâv', they know.

Imparf. Je savais, zhŭ-sâ-vay', I knew.
Prét. déf. Je sus, zhŭ-sŭ', I knew.
Fut. Je saurai, zhŭ-so-rey', I shall know.
Subj. prés. Que je sache, kŭ-zhŭ-sâsh', that I know.
" *imp.* Que je susse, kŭ-zhŭ-sŭ'ss', that I knew.
Part. passé. Su, sŭ, known.

Savez-vous, quand mon père reviendra? Je ne le sais pas. Votre soeur le sait-elle? Elle ne le sait pas non plus. Savez-vous danser? Je l'ai su autrefois, mais je n'en sais plus rien. Je le saurais, si je ne l'avais pas oublié. Nous savons tous qu'il faut mourir. Votre cousin savait plusieurs langues. Je ne saurais rien refuser à mes amis. Il ne croit pas que je sache cela. On doutait fort que je susse cela. On voudrait que je l'eusse su plus tôt. Je vous le ferai savoir demain. Je n'en ai rien su. Il n'est pas ici que je sache. Je ne saurais vous le dire. Je ne sais que faire, que dire. Je ne vous en sais pas bon gré.

56.

I do not know who has taken your penknife. Don't you know it? My brothers did not know that my uncle would come here. I shall soon know who has done it. We do not know yet when we shall depart. You will know *it* to morrow. Do you know (how to) draw? Formerly I knew it very well, but now I do not know *it* (any) more. Do you know what we have bought? These people do not know (how) to employ their time. Your brothers will know to day when they can depart.

57.

Valoir, vâ-loo‿arr', to be worth.

Prés. Je vaux, zhŭ-vo'; tu vaux, tŭ-vo'; il vaut, eel-vo';
nous valons, noo-vâ-lon'; vous valez, voo-vâ-ley';
ils valent, eel-vâl'.

Imparf. Je valais, zhŭ-vâ-lay'.
Prét. déf. Je valus, zhŭ-vâ-lŭ'.
Fut. Je vaudrai, zhŭ-vo-drey'.
Subj. prés. Que je vaille, kŭ-zhŭ-vâl'''.
" *imp.* Que je valusse, kŭ-zhŭ-vâ-lŭ'ss'.
Part. passé. Valu, vâ-lŭ'.

Combien vaut cela? Cela ne vaut rien. Que peut valoir cette maison? Cette maison ne vaut pas grand'chose. Ce garçon ne vaudra jamais rien. Cet homme n'a jamais rien valu. S'il valait quelque chose, il s'occuperait d'une manière sérieuse. Que croyez-vous que cela vaille? Il ne croyait pas que ma montre valût autant. Elle aurait encore plus valu, si c'eût été un ouvrage anglais. Il vaut mieux se taire que de parler mal. Il vaut mieux aller seul que d'être mal accompagné. Ne valait-il pas mieux se sauver que de se rendre? Il vaudra mieux rester au logis que de s'exposer au danger. Ne vaudrait-il pas mieux boire un verre de vin que deux verres d'eau? Il vaut mieux tard que jamais

58.

What is this cloth worth? Four dollars the (a) yard. Last year it was worth only three dollars and a half. Shortly it will be worth still more. This coat is no longer worth any thing. I do not believe that that one is worth any more (*Subj.*). Of these two things the one is worth as much as the other. The ducat is worth five florins. It is better to suffer than to commit an injustice. It will be better, to do that now than to wait longer. It is better to leave to-day than to-morrow. Would it not be better to work than to go walking?

59.

Voir, voo‿arr′, to see.

Prés. Je vois, zhŭ-voo‿â′; tu vois, tü-voo‿â′; il voit, eel-voo‿â′; nous voyons, noo-voo‿â-yon⁸′; vous voyez, voo-voo‿â-yey′; ils voient, eel-voo‿â′.
Imparf. Je voyais, zhŭ-voo‿â-yay′.
Prét. déf. Je vis, zhŭ-vee′.
Fut. Je verrai, zhŭ-verr-rai′.
Subj. prés. Que je voie, kŭ-zhŭ-voo‿â′.
" *imp.* Que je visse, kŭ-zhŭ-veess′.
Part. passé. Vu, vü, seen.

Que vois-je? Ne le voyez-vous pas? Je ne vois rien. Mais voyez-donc un peu. Il vaut bien la peine de le voir. Voyons ce que c'est. Si je voyais seulement une de mes connaissances! J'ai vu votre cousin, mais vous ne l'avez pas vu. Je le verrai bientôt, et vous le verrez aussi. Je le vis hier se promener. On ne veut pas que je le voie. On ne voulait pas que je le visse. Ne me voyez-vous pas? Allez voir qui c'est. Nous avons vu aujourd'hui ce que vous vîtes hier. Nous verrons demain ce que vous avez vu ce matin. Mes soeurs le verront aussi. Je vois bien qu'il ne veut pas. Voyez-vous que j'avais raison? Ce garçon gâtera tout, vous verrez. Mon cousin est venu me voir. Voulez vous que j'apporte de la lumière, ou est-ce que vous y voyez encore?

60.

You see well (enough) that I cannot. I saw him go away. I have seen his mother die. You do not see (any) more, here is light. We see with the (our) eyes and hear with the ears. We saw (the day) before yesterday, what you have never seen. I shall see to-day a great many people on the promenade ground. Do you see how I do that? Hast thou seen it. I do not see your sister; is she sick? Do you believe that I see him? I did not believe that you saw him. Your brothers do not see you. Are you near-sighted? No I am not near-sighted; but my eyes ache. Your brother has very good sight, he sees every thing.

61.

Vouloir, voo-loo͟_arr', to want to, to wish, to be willing.

Prés. Je veux, zhă-vö'; tu veux, tü-vö'; il veut, eel-vö';
nous voulons, noo-voo-lon'; vous voulez, voo-voo-ley';
ils veulent, eel-völ'.
Imparf. Je voulais, zhă-voo-lay'.
Prét. déf. Je voulus, zhă-voo-lü'.
Fut. Je voudrai, zhă-voo-drey'.
Subj. prés. Que je veuille, kă-zhă-völ'.
" *imp.* Que je voulusse, kŭ-zhă-voo-lü'ss'.
Part. passé. Voulu, voo-lü'.

Que voulez-vous faire? Je veux me promener. Si vous voulez, je le veux aussi. L'un veut et l'autre ne veut pas. Et mes soeurs veulent encore moins. Je voulus hier aller vous voire. On voulait m'envoyer en France, mais je n'ai pas voulu. Si j'avais voulu, je serai déjà parti. Elle veut, mais lui ne veut pas. Voulez-vous faire une promenade avec moi? Je le veux bien; mais attendez un moment, je demanderai à mon frère s'il veut venir avec nous. Je crois qu'il ne voudra pas, car il a de l'humeur. Eh bien, s'il ne veut pas, nous irons seuls. Je voudrais bien faire un petit voyage. Mon oncle ne croit pas que je veuille partir. Je n'aurais jamais voulu faire cela. Voudriez-vous bien me faire un plaisir? Vous le pouvez, si vous le voulez.

62.

Will you accompany me? I would willingly but I have business (*pl.*), which detains me. My brother will not wait any longer. We want you to be more industrious and to make (do) your exercises. My sisters will not be willing to do it. Do you believe that my father will not permit it. He will not be willing; I am convinced of it. Will you do me a pleasure (favor)? I will it willingly, if I can. We can (do) any thing if we will. These children will not learn their lessons.

63.

Devoir, dă-voo͟_arr', to be to, to owe, must.

Prés. Je dois, zhă-doo͟_â'; tu dois, tü-doo͟_â'; il doit, eel-doo͟_â';
nous devons, noo-dă-von'; vous devez, voo-dă-vey';
ils doivent, eel-doo͟_âv'.
Imparf. Je devais, zhă-dă-vay'.
Prét. déf. Je dus, zhă-dü'.
Fut. Je devrai, zhă-dŭ-vrey'.
Subj. prés. Que je doive, kă-zhă-doo͟_âv'.
" *imp.* Que je dusse, kă-zhă-du'ss.
Part. passé. Dû.

Je dois aller au marché. Nous devons partir demain. Je devais venir à deux heures. Vous deviez venir plus tôt. Si je devais faire cela, je serais bien en peine. Je devrais écrire à ma soeur, si je savais où elle était Vous devriez attendre, si vous alliez trop tôt. J'ai dû partir aujourd'hui. Si j'avais dû attendre plus longtemps, je n'aurais pas été content. Croyez-vous que je doive souffrir cela? Vous auriez dû venir ici, au lieu d'aller dans ce pays-là. Combien vous dois-je? Vous me devez beaucoup. Vous ne devez plus rien. Je ne vous dois rien. Si je vous devais quelque chose, je vous paierais. Je devais beaucoup autrefois, mais je ne dois plus rien à présent. Combien devez-vous au tailleur? Je ne lui dois pas un sou. J'ai dû autrefois à mon hôte; mais je ne lui dois plus rien. Ce monsieur doit plus qu'il n'a; il doit plus qu'il ne possède; il a fait beaucoup de dettes.

64.

I must tell you that I do not like that. We are always to do our duty. You must not go out without telling it me. These gentlemen must leave the town to-day. A young man must not meddle in every thing. I should have to go far, if I wanted to arrive this evening. There is the landlord, do you owe him any thing yet? No I owe him nothing but my brother owes him still three dollars. These gentlemen will owe him nothing more (I think owe, &c.).

65.

Falloir, fâl-loo_arr', to be necessary (must).

Prés. Il faut, eel-fo', it is necessary.
Imparf. Il fallait, eel-fâl-lai', it was necessary.
Prét. déf. Il fallut, eel-fâl-lü', it was necessary.
Fut. Il faudra, eel-fo-drâ', it will be necessary.
Subj. prés. Qu'il faille, keel-fâl'', that it be (is) necessary.
" *imp.* Qu'il fallût, keel-fâl-lü', that it were (was) necessary.
Part. passé. Fallu, fâl-lü'.

Il faut avouer que cela est très beau. Que faut-il faire, pour empêcher un tel malheur? Comment faut-il dire? Il faut toujours travailler, il ne faut pas être paresseux. Il faudra avoir patience. Mon cousin est tombé; il aurait fallu rester ici. Que faites-vous? Il me faut écrire. Que fait votre cousin? Il lui faut apprendre sa leçon. Il m'a fallu faire tout cela. Il me faudra sortir un moment. Il faut que je parte demain. Il faut que tu restes ici. Il faut que votre soeur aille avec moi. Il faut que nous écrivions. Il faut que mes frères travaillent. Il faut que je lui écrive de venir nous voir. Il faudra que j'y aille. Il faut toujours faire son devoir. Il ne faut point faire le mal. Il ne fallait pas faire cela. Il faudrait bien le lui dire.

66.

It is necessary to tell it. One must not do it. What must one write? How must this be done? One will be obliged to eat this. You must stay here; you must not go out. We must make our exercises. You must not break this glass. Your cousin must not run so fast. Your sisters must soon come back. My child you must be more industrious. We must depart to-morrow. I must write to my father to-day.

67.

Il est, eel-ay; c'est, say, it is, this is.

Il est bon que vous soyez ici. Il m'est impossible de vous suivre. Il est temps de partir. Il est temps que je me lève. Il n'est pas encore neuf heures et trois quarts. Ce monsieur est Allemand. Cette dame est Française. Qu'est-ce que c'est? C'est du vinaigre; ce n'est pas du vin. C'est la vérité. Ce n'est qu'un mensonge. C'est assez, ce n'est pas trop. Ce sera pour vous. D'où vient que vous êtes si maigre? C'est que j'ai été malade. Qui est-ce qui a dit cela? C'est moi qui vous l'ai dit. Ce n'est pas toi qui me l'as dit. N'est-ce pas vous qui l'avez dit? Ce n'était pas moi, c'était mon frère. Ce sont mes soeurs qui l'ont fait; ce sont elles qui l'ont dit. C'est mal joué, c'est faire tort à soi-même.

68.
On the Infinitive.

Vous n'avez pas besoin de lui en parler. Je suis resté ici afin de vous rendre quelque service. Je ne vous ai pas écrit de peur de vous incommoder. Vous reculez au lieu d'avancer. Loin de lui demander pardon, il lui a dit des injures. Il vaut mieux se taire que de parler mal à propos. J'aime autant rester ici que d'aller me promener seul. Ayez la bonté de me donner cela. Faites-moi le plaisir de venir chez moi. Je vous supplie de m'écouter un moment. Je ne saurais vous dire, laquelle était la plus riche. Avant de commencer le second chapitre, il faut qu'on ait fini le premier. Pourquoi faire tant de façons! Vous ne faites que jouer et vous promener.

69.

Aidez-le à se lever. Il m'a appris à faire cela. Monsieur N. m'enseigne à jouer du violon. Je n'aime pas à parler de cela. Qu'avez-vous à me dire? Vous n'avez rien à me commander. Vous n'avez qu'à venir demain. Ce n'est pas à vous à parler. Il est à craindre que cela n'arrive. Il y a du plaisir à se promener au clair de la lune. Il n'y a rien à craindre de ce côté-là. Ma tante m'a invité à dîner. Il faut s'accoutumer à parler clairement. Mon voisin a un cheval à vendre. Nous avons encore deux lieues à faire avant d'arriver à S. Cette maison est à louer. Mon frère ne peut se résoudre à partir demain. J'ai fait tout mon possible pour l'en dissuader. Nous ne vivons pas pour manger, mais nous mangeons pour vivre. Je suis venu ici pour parler à monsieur votre père. Je vous aime trop pour vous quitter. Il faudrait être fou pour croire cela.

70.
The little dog.

Une demoiselle, nommée Caroline, alla se promener un jour sur le bord d'un ruisseau. Elle y rencontra quelques méchants enfants qui voulaient noyer un petit chien; elle eut pitié de la pauvre bête, l'acheta et l'emporta avec elle au château.

Le petit chien eut bientôt fait connaissance avec sa nouvelle maîtresse, et ne la quitta plus un instant. Un soir, au moment où elle voulait se coucher, le chien se mit tout à coup à aboyer. Caroline prit la chandelle, regarda sous le lit, et aperçut un homme d'un aspect terrible, qui y était caché. C'était un voleur.

Caroline appela au secours, et tous les habitants du château accoururent à ses cris. Ils saisirent le brigand et le livrèrent à la justice. Il avoua dans son interrogatoire, que son intention avait été d'assassiner la demoiselle et de piller le château.

Caroline rendit grâce au ciel de l'avoir sauvée si heureusement, et dit: Personne n'aurait cru que le pauvre petit animal auquel j'ai sauvé la vie, me la sauverait a son tour.

71.
The good neighbors.

Le petit garçon d'un meunier s'approcha trop près d'un ruisseau et tomba dans l'eau. Le maréchal, qui demeurait de l'autre côté du ruisseau, le vit, s'élança dans l'eau, retira l'enfant et le porta à son père.

Un an plus tard, le feu prit pendant la nuit dans la maison du maréchal. La maison était déjà en flammes, avant que le maréchal le sût. Il se sauva avec sa femme et ses enfants. Seulement, dans le trouble, on oublia d'enlever la plus petite des filles.

L'enfant se mit à crier du milieu des flammes, mais personne n'avait le courage de s'y exposer. Tout à coup le meunier paraît, s'élance dans les flammes, rapporte heureusement l'enfant et le remet au maréchal en lui disant: Dieu soit loué de ce qu'il m'a donné l'occasion de vous témoigner ma reconnaissance; vous avez retiré mon fils de l'eau; moi, avec le secours de Dieu, j'ai arraché votre fille aux flammes.

72.
The broken horse-shoe.

Un paysan alla un jour à la ville, suivi de son fils, le petit Thomas. Regarde, lui dit-il en chemin, voilà par terre un morceau d'un fer de cheval; ramasse-le et mets-le dans ta poche. — Bah! reprit Thomas, cela ne vaut pas la peine qu'on se baisse pour le ramasser. Le père ne répondit rien, prit le fer et le mit dans sa poche. Il le vendit pour trois liards au maréchal du village voisin et en acheta des cerises.

Cela fait, ils continuèrent leur route. Le soleil était brûlant. On n'apercevait, à une grande distance, ni maison, ni bois, ni source. Thomas mourait de soif, et avait la plus grande peine à suivre son père.

Celui-ci laissa alors tomber une cerise, comme par hasard. Thomas la ramassa avec autant d'avidité que si c'eût été de l'or, et la porta promptement à la bouche. Quelques pas plus loin, le père laissa tomber une seconde cerise, que Thomas saisit avec le même empressement. Ce manége continua jusqu'à ce qu'il les eût toutes ramassées.

Quand il eut mangé la dernière, le père se tourna vers lui en riant, et lui dit: Tu vois maintenant que, si tu avais voulu te baisser une seule fois pour ramasser le fer de cheval, tu n'aurais pas été obligé de le faire cent fois pour les cerises.

73.
The rose-bush.

Amélie avait planté dans un pot à fleurs un petit rosier, qui, au commencement du printemps, était déjà couvert de boutons. Toutes les fois que le temps était beau, elle plaçait le rosier devant la fenêtre, et chaque soir elle avait soin de le garder dans la chambre.

Cependant un soir elle ne crut point cette précaution nécessaire, parce que le temps paraissait calme et doux. Mais le lendemain matin les roses étaient flétries par la gelée.

Amélie pleurait en les regardant et disait avec douleur: Une seule imprudence a donc détruit le fruit de tous mes soins.

Ce petit accident, qui te fait tant de peine, lui répondit sa mère, peut devenir pour toi la source d'un grand bonheur. Apprends par là que la corruption est pour l'innocence ce que la gelée est pour un rosier en fleurs, et que pour se conserver pur de tout vice, on a besoin de soins assidus et d'une continuelle attention.

74.
The nut-shell.

Le vieux comte de Nordstern aimait beaucoup la vérité et la justice. Quelques hommes méchants étaient pour cette raison si animés contre lui, qu'ils jurèrent ensemble de le faire mourir. Ils payèrent effectivement un meurtrier qui devait l'assassiner la nuit suivante.

Le noble comte ne s'attendait pas au danger qui le menaçait. Ses neveux, enfants très aimables, vinrent le soir auprès de lui. Content et satisfait au milieu d'eux, il leur donna des pommes, des poires et des noix. Lorsqu'ils furent sortis, il voulut se livrer au repos, se recommanda à la protection de Dieu et s'endormit dans la plus grande sécurité.

Cependant à minuit le meurtrier, qui s'était secrètement introduit dans le palais, entra doucement dans la chambre. Le bon comte dormait. Une petite lampe de nuit brûlait auprès de son lit. Armé d'un poignard, le meurtrier lève le bras et s'approche de lui.

Mais tout à coup un craquement si violent se fit entendre dans la chambre, que le comte se réveilla. Il se lève, voit le meurtrier, saisit un pistolet qui était suspendu près de son lit à la muraille, et le couche en joue. Le scélérat eut peur, laissa tomber son poignard et demanda grâce. Il fut obligé de se constituer prisonnier et de découvrir ses complices.

Le comte vit bientôt ce qui avait produit le bruit qu'il avait entendu. Il s'aperçut qu'un des enfants avait par hasard laissé tomber une coquille de noix sur le parquet et que le meurtrier avait marché dessus. Bon Dieu, s'écria-t-il, c'est ainsi que sous ta providence une coquille de noix a sauvé ma vie, et livré des malfaiteurs au glaive de la justice.

75.
The lambkin.

Une pauvre petite fille, nommée Christine, âgée d'environ dix ans, cueillait un jour des fraises dans la forêt. La chaleur était étouffante. On ne sentait pas le moindre vent, et le chapeau de paille de la jeune fille ne suffisait pas pour la préserver des rayons brûlants du soleil. Son front était couvert de sueur, et ses joues étaient rouges comme de l'écarlate. Elle continuait pourtant à cueillir des fraises et ne levait pas même les yeux, de peur de perdre un instant; car elle disait en son coeur avec une douce satisfaction: Tout ce que je fais, c'est pour ma bonne mère qui est malade; l'argent que je retirerai de ces fraises lui procurera quelque soulagement.

Lorsqu'elle vit la nuit s'approcher, elle se mit en route, pour rentrer chez elle avec son panier plein de fraises. Il commençait à pleuvoir, et on entendait le tonnerre dans le lointain. A peine Christine fut-elle sortie de la forêt, qu'il s'éleva un grand vent; la pluie redoubla, et le ciel était obscurci de tous côtés par des nuages menaçants. Christine évita soigneusement de s'approcher des grands arbres: elle se mit à l'abri derrière des broussailles pour attendre la fin de l'orage.

Tout à coup elle entendit, dans le bosquet voisin, un cri plaintif semblable à celui d'un petit enfant. Elle était si compatissante et si bonne, que ni la pluie, ni les éclairs, ni les éclats de la foudre ne purent l'empêcher d'aller voir ce que ce pouvait être. Elle s'avança dans le bois et fut bien étonnée de voir un pauvre petit agneau tout mouillé et tout tremblant de froid. Oh, pauvre petit animal! dit Christine tout émue, tu ne périras point. Viens, je t'emporterai à la maison. Elle prit en effect l'agneau dans ses bras et s'en retourna chez elle aussitôt que la pluie fut passée.

76.
Continuation.

Oh! regarde, ma mère, s'écria-t-elle en entrant dans la chambre, regarde, je t'en prie, ce que j'ai trouvé! Un petit agneau charmant! Que je suis heureuse! comme j'en aurai soin! Il fera tout mon bonheur. — Mon enfant, lui dit sa mère, en se soulevant dans son lit et en appuyant sa tête sur son bras, tu oublies dans ta joie que déjà cet agneau doit avoir son maître. Il s'est égaré, et il est de notre devoir de le rendre. C'est bien sûrement au riche paysan de la métairie voisine qu'il appartient. Va le lui porter encore aujourd'hui. Nous ne devons jamais garder le bien d'autrui dans notre maison, pas même pendant une seule nuit.

Vous n'entendez pas vos intérêts, s'écria au même instant par la fenêtre un maçon qui réparait le mur du jardin et qui avait écouté leur conversation: il ne faut pas être si scrupuleux. La mère et la fille se retournèrent tout effrayées et le regardèrent avec de grands yeux. Ne vous effrayez pas, ajouta le maçon, je parle sérieusement. Nous allons tuer cet animal et le partager; sa chair nous donnera quelques bons rôtis, et la peau vaudra aussi quelques sous. Le fermier a plus de cent moutons. Un de plus ou de moins, qu'importe? Tuons celui-ci. Vous n'aurez rien à craindre; personne ne nous verra; vous pouvez vous fier à moi. En disant ces mots,. il jeta sa truelle de mortier contre le mur.

Christine eut horreur de ce discours, qui lui parut abominable. Vous nous conseillez une injustice, dit-elle au maçon: ce que les hommes ne voient pas, Dieu le voit. Et toi, ma mère, tu as bien raison. Je suis étonnée de n'avoir pas plus tôt pensé à rendre ce petit agneau. Je l'aurais gardé si volontiers, ajouta-t-elle, en versant quelques larmes; mais il faut obéir à Dieu.

77.
Continuation.

Elle prit alors l'animal, l'enveloppa dans son tablier et se mit en chemin pour la métairie, quoiqu'il plût encore et que le soleil fût près de se coucher.

A l'arrivée de Christine, la fermière était sur sa porte, entourée de ses enfants et tenant le plus petit sur son bras. Tous ensemble ils observaient attentivement un bel arc-en-ciel qui brillait en ce moment de plus vives couleurs. Regardez, mes enfants, disait la mère, regardez ce bel arc-en-ciel, et bénissez Dieu qui en est l'auteur. Ce bon Dieu nous montre sa magnificence et sa force dans les éclairs et dans le tonnerre; il nous rappelle dans l'arc-en-ciel son amour et sa bonté.

Christine, dont le coeur était content, parce qu'il était pur, regardait avec un doux plaisir tantôt les belles couleurs de l'arc qui brillait au ciel, tantôt les physionomies riantes des enfants de la ferme. Elle garda le silence jusqu'à ce que l'arc-en-ciel se fut dissipé. Enfin elle tira de dessous son tablier le petit agneau, le posa à terre, et raconta comment elle l'avait trouvé.

C'est bien beau de ta part, dit la paysanne, de venir si tard par le temps qu'il fait. Tu es une brave petite fille. — Oui, vraiment, dit le paysan, qui paru alors sur la porte. Voyez, mes enfants, il faut que vous soyez un jour aussi honnêtes que cette pauvre petite fille. Il vaut mieux ne posséder qu'un seul agneau et être honnête, que d'en posséder cent et être de mauvaise foi. La probité de la pauvre Christine est un trésor du coeur, qui rend plus riche que tout un troupeau, et que personne ne peut lui ravir.

78.
Continuation.

François, le fils du fermier, courut alors vers l'écurie des moutons et fit sortir une brebis. Aussitôt l'agneau courut au devant de sa mère, et se mit à bondir de joie en la voyant. Christine contempla avec délice ce touchant spectale et dit: Ce seul plaisir me fait oublier tous les regrets que je pourrais avoir de quitter ce pauvre animal qui déjà m'était devenu si cher.

Eh bien, dit le paysan, puisque tu es si honnête et que tu aimes ce petit agneau, je veux t'en faire présent. Mais il est encore trop jeune maintenant pour que tu puisses l'élever: il ne pourrait vivre sans lait et périrait misérablement. Dans une quinzaine de jours il sera assez fort pour se nourrir d'herbe: alors François te l'apportera. Si tu en prends soin, tu pourras l'élever à peu de frais; en cueillant des fraises, ou en tricotant, il te sera facile de le faire paître; et si tu t'en occupes tous les jours quelques instants, tu pourras ramasser assez de foin pour le nourrir pendant l'hiver. Quand il sera élevé, son lait vous seras d'une grande utilité, à toi et à ta mère, dans votre petit ménage; de sa laine vous pourrez faire chaque année quelques paires de bas..... Et si le bonheur vous favorise, dit le petit François, vous aurez bientôt un grand troupeau de moutons.

La bonne fermière ne voulut pas que Christine s'en retournât sans avoir mangé quelque chose. Elle lui apporta une écuelle pleine de lait, avec un petit pain, et lui mit dans son tablier une douzaine d'oeufs, ainsi qu'un morceau de beurre frais, qu'elle avait enveloppé de quelques feuilles de vigne. Tiens, mon enfant, lui dit-elle, porte cela à ta mère, et salue-la de ma part. Que Dieu la guérisse !

79.
Continuation.

Transportée de joie, Christine se hâta de regagner la petite chaumière et traversa gaiement la vallée charmante qui y conduisait. Le ciel s'était éclairci, l'étoile du soir commençait à briller; les gouttes de pluie tombaient de chaque fleur et de chaque brin d'herbe, et le doux parfum des plantes s'exhalait au loin. Christine éprouvait dans son coeur un contentement inexprimable. Après un orage, disait-elle, la nature est toujours plus riante. Jamais pourtant je ne l'ai vue si belle que ce soir.

En arrivant à la maison, elle raconta tout à sa mère, qui lui dit: Tu vois ma fille, c'est justement là ce que je répète sans cesse. Il n'y a pas de joie plus pure et plus douce que celle que procure une bonne conscience. Quand nous faisons le bien, un sentiment délicieux remplit notre ame ; Dieu nous fait sentir intérieurement qu'il est content de nous. Prête toujours l'oreille, ma chère Christine, à cette voix qui parle à ton coeur, et ne fais rien que ce qui peut être agréable à Dieu. Tu sais que nous sommes pauvres et que nous ne possédons rien ; mais avec une bonne conscience nous ne manquerons jamais de contentement ; nous éprouverons toujours la satisfaction la plus pure.

Christine recueillit dans son coeur les sages paroles de sa mère. Il lui tardait bien de revoir son petit mouton. Elle comptait les jours et attendait avec impatience le moment où François viendrait le lui apporter. Quand ce sera la pleine lune, disait-elle, j'aurais mon agneau.

Mais la pleine lune arriva, et le petit mouton ne vint pas. La lune était même sur son déclin, et François n'avait pas encore tenu sa parole. Jamais je ne reverrai mon agneau, dit un soir la petite fille, qui était assise près du lit de sa mère. Je me réjouissais tant de le posséder et de jouer avec lui sur l'herbe, et voilà que j'en serai privée. — Aie patience, mon enfant, répondit la mère; sans la patience on ne peut jamais être heureux.

80.
Conclusion.

A l'instant où elle cessait de parler, la porte s'ouvrit, et l'on vit entrer le fils du fermier avec l'agneau, et tenant à la main une petite corbeille remplie d'herbe fraîche. Christine se mit à sauter de joie; elle se jeta à genoux devant le petit mouton et lui fit mille tendres caresses. Oh! comme il a grandi! comme il est embelli depuis que je ne l'ai vu! J'aurais eu de la peine à le reconnaître! comme sa laine est blanche et bouclée! que je suis contente!

Il y a déjà plusieurs jours que je voulais te l'apporter, dit François, mais mon père m'a engagé à le garder encore pendant quelque temps. Il a pensé qu'il réussirait mieux ensuite, et que tu aurais du plaisir à le voir plus grand et plus fort.

Tu es très bon, et tes parents aussi, répondit Christine. Si je n'étais pas si pauvre, que je serais heureuse de pouvoir te rendre la pareille! Mais la première laine de mon agneau sera pour toi; je t'en tricoterai une paire de bas. Tu verras que je tiendrai parole.

Le jeune paysan s'en retourna, content d'avoir causé tant de joie à la bonne Christine. Celle-ci mena son agneau dans la petite écurie qui tenait à la maison, et lui donna à manger. Le petit mouton devint si familier avec elle, qu'il venait prendre du pain dans sa main, boire du lait de son écuelle et qu'il la suivait partout comme un petit chien.

Quand la mère de Christine contemplait ce gentil spectacle, et était témoin de la joie naive de sa fille, elle disait souvent: N'est-ce pas, Christine, tu ne te repens pas d'avoir suivi mon conseil et d'avoir rendu l'agneau à son maître? — Oh, non, ma mère, répondit l'aimable enfant. Aussi j'écouterai ta voix comme le petit mouton écoute la mienne. Ton amour pour moi n'est-il pas bien plus vif encore que ma tendresse pour cet agneau?

81.
The beauty and the beast.

Il y avait une fois un marchand qui était extrèmement riche; il avait six enfants: trois garçons et trois filles, et, comme ce marchand était un homme d'esprit, il n'épargna rien pour l'éducation de ses enfants. Ses filles étaient très belles, mais la cadette surtout se faisait admirer, et on ne l'appelait, quand elle était petite, que *le bel enfant*. Cette cadette, qui était plus belle que ses soeurs, était aussi meilleure qu'elles. Les deux aînées avaient beaucoup d'orgueil, parce qu'elles étaient riches; elles allaient tous les jours au bal, à la comédie, à la promenade, et se moquaient de leur soeur, qui employait la plus grande partie de son temps à lire de bons livres. Comme on savait que ces filles étaient fort riches, plusieurs gros marchands les demandèrent en mariage; mais les deux aînées répondirent qu'elles ne se marieraient jamais, à moins qu'elles ne trouvassent un duc ou tout au moins un comte. La Belle, c'était le nom de la plus jeune, remercia bien honnêtement ceux qui voulaient l'épouser; mais elle leur dit qu'elle était trop jeune et qu'elle souhaitait de tenir compagnie à son père pendant quelques années. Tout d'un coup le marchand perdit son bien, et il ne lui resta qu'une petite maison de campagne bien loin de la ville. Il dit en pleurant à ses enfants qu'il fallait aller dans cette maison, et qu'en travaillant comme des paysans, ils y pourraient vivre. Ses deux filles aînées répondirent qu'elles ne voulaient pas quitter la ville, et qu'elles avaient plusieurs amants qui seraient trop heureux de les épouser, quoiqu'elles n'eussent plus de fortune. Les bonnes demoiselles se trompaient: leurs amants ne voulurent plus les regarder quand elles furent pauvres. Comme personne ne les aimait à cause de leur fierté, on disait: Elles ne méritent pas qu'on les plaigne, nous sommes bien aises de voir, leur orgueil abaissé. Mais en même temps tout le monde disait pour la Belle : Nous sommes bien fâchés de son malheur ; c'est une si bonne fille ! elle parlait aux pauvres gens avec tant de bonté, elle était si douce, si honnête ! Il y eut même plusieurs gentilshommes qui voulurent l'épouser, quoiqu'elle n'eût pas un sou ; mais elle leur dit qu'elle ne pouvait se résoudre à abandonner son pauvre père dans son malheur, et qu'elle le suivrait à la campagne pour le consoler et lui aider à travailler. La pauvre Belle avait été bien affligée d'abord de perdre sa fortune ; mais elle s'était dit à elle-même : Quand je pleurerai beaucoup, mes larmes ne me rendront pas mon bien ; il faut tâcher d'être heureuse sans fortune. — Quand ils furent arrivés à leur maison de campagne, le marchand et ses trois fils s'occupèrent à labourer la terre. La Belle se levait à quatre heures du matin, et se dépêchait de nettoyer la maison et d'apprêter à dîner pour la famille. Elle eut d'abord beaucoup de peine, car elle n'était pas accoutumée à travailler comme une servante ; mais, au bout de deux mois, elle devint plus forte, et la fatigue lui donna une santé parfaite. Quand elle avait fait son ouvrage, elle lisait, elle jouait du clavecin ou bien elle chantait en filant. Ses deux soeurs, au contraire, s'ennuyaient à la mort ; elles se levaient à dix heures du matin, se promenaient toute la journée, et s'amusaient à regretter leurs beaux habits et les compagnies. Voyez notre cadette, disaient-elles entre elles, elle a l'ame si basse et si stupide qu'elle se contente de sa malheureuse situation. Le bon marchand ne pensait pas comme ses filles ; il savait que la Belle était plus propre que ses soeurs à briller dans les compagnies ; il admirait la vertu de cette jeune fille, et surtout sa patience ; car ses soeurs, non contentes de lui laisser faire tout l'ouvrage de la maison, l'insultaient à tout moment.

82.
Continuation.

Il y avait un an que cette famille vivait dans la solitude, lorsque le marchand reçut une lettre, par laquelle on lui marquait qu'un vaisseau sur lequel il avait des marchandises, venait d'arriver heureusement. Cette nouvelle faillit tourner la tête à ses deux aînées, qui pensaient qu'à la fin elles pourraient quitter cette campagne où elles s'ennuyaient tant ; et quand elles virent leur père prêt à partir, elles le prièrent de leur apporter des robes, des palatines, des coiffures et toutes sortes de bagatelles. La Belle ne lui demandait rien, car elle pensait en elle-même, que tout l'argent des marchandises ne suffirait pas pour acheter ce que ses soeurs souhaitaient. Tu ne me pries pas de t'acheter quelque chose, lui dit son père. — Puisque vous avez la bonté de penser à moi, lui dit-elle, je vous prie de m'apporter une rose, car il n'en vient point ici. Ce n'est pas que la Belle se souciât d'une rose ; mais elle ne voulait pas condamner par son exemple la conduite de ses soeurs, qui auraient dit que c'était pour se distinguer qu'elle ne demandait rien. Le bon homme partit ; mais quand il fut arrivé, on lui fit un procès pour ses marchandises, et après avoir eu beaucoup de peine ; il revint aussi pauvre qu'il était auparavant. Il n'avait plus que trente milles pour arriver à sa maison, et il se réjouissait déjà du plaisir de voir ses enfants; mais, comme il fallait passer un grand bois avant de trouver sa maison, il se perdit. Il neigeait horriblement, le vent était si grand qu'il le jeta deux fois à bas de son cheval. La nuit étant venue, il pensa qu'il mourrait de faim ou de froid, ou qu'il serait mangé des loups qu'il entendait hurler autour de lui. Tout à coup en regardant au bout d'une longue allée d'arbres, il vit une grande lumière, mais qui paraissait bien éloignée. Il marcha de ce côté-là, et vit que cette lumière sortait d'un grand palais qui était tout illuminé. Le marchand remercia Dieu du secours qu'il lui envoyait, et se hâta d'arriver à ce château; mais il fut bien surpris de ne trouver personne dans les cours. Son cheval qui le suivait, voyant une écurie ouverte, y entra, et ayant trouvé du foin et de l'avoine, le pauvre animal, qui mourait de faim, se jeta dessus avec beaucoup d'avidité. Le marchand l'attacha dans l'écurie et marcha vers la maison, où il ne trouva personne; mais étant entré dans une grande salle, il y trouva un bon feu et une table chargée de viandes, où il n'y avait qu'un couvert. Comme la pluie et la neige l'avaient mouillé jusqu'aux os, il s'approcha du feu pour se sécher, et disait en lui-même: Le maître de la maison ou ses domestiques me pardonneront la liberté que j'ai prise, et sans doute ils viendront bientôt. Il attendit pendant un temps considérable; mais onze heures ayant sonné sans qu'il vît personne, il ne put résister à la faim et prit un poulet qu'il mangea en tremblant; il but aussi quelques coups de vin, et devenu plus hardi, il sortit de la salle et traversa plusieurs grands appartements magnifiquement meublés. A la fin il trouva une chambre où il y avait un bon lit, et comme il était minuit passé et qu'il était las, il prit le parti de fermer la porte et de se coucher.

83.
Continuation.

Il était dix heures du matin quand il s'éveilla le lendemain, et il fut bien surpris de trouver un habit fort propre à la place du sien qui était tout gâté. Aussurément, dit-il en lui-même, ce palais appartient à quelque bonne fée qui a eu pitié de ma situation. Il regarda par la fenêtre et ne vit plus de neige, mais des berceaux de fleurs qui enchantaient la vue. Il rentra dans la grande salle où il avait soupé la veille, et vit une petite table où il y avait du chocolat. Je vous remercie, madame la fée, dit-il tout haut, d'avoir eu la bonté de penser à mon déjeûner. Le bon homme, après avoir pris son chocolat, sortit pour aller chercher son cheval, et comme il passait sous un berceau de roses, il se souvint que la Belle lui en avait demandé, et cueillit une branche où il y en avait plusieurs. En même temps il entendit un grand bruit et vit venir à lui une bête si horrible, qu'il fut tout près de s'évanouir. Vous êtes bien ingrat, lui dit la bête d'une voix terrible: je vous ai sauvé la vie en vous recevant dans mon château, et pour ma peine vous me volez mes roses que j'aime mieux que toutes choses au monde. Il faut mourir pour réparer cette faute: je ne vous donne qu'un quart d'heure pour demander pardon à Dieu. Le marchand se jeta à genoux, et dit à la bête en joignant les mains : Monseigneur, pardonnez-moi, je ne croyais pas vous offenser en cueillant une rose pour une de mes filles qui m'en avait demandé. — Je ne m'appelle point monseigneur, répondit le monstre, mais la Bête; je n'aime point les compliments, moi, je veux qu'on dise ce qu'on pense; ainsi, ne croyez pas me toucher par vos flatteries; mais, vous m'avez dit que vous aviez des filles; je veux vous pardonner, à condition qu'une de vos filles vienne volontairement pour mourir à votre place. Ne me raisonnez pas; partez, et si vos filles refusent de mourir pour vous, jurez que vous reviendrez dans trois mois. — Le bon homme n'avait pas le dessein de sacrifier une de ses filles à ce vilain monstre; mais il dit en lui-même : Du moins j'aurais le plaisir de les embrasser encore une fois. Il jura donc de revenir, et la bête lui dit qu'il pourrait partir quand il voudrait; mais, ajouta-t-elle, je ne veux pas que tu t'en ailles les mains vides : retourne dans la chambre où tu as couché; tu y trouveras un grand coffre vide: tu peux y mettre tout ce qu'il te plaira, je le ferai porter chez toi. En même temps la bête se retira, et le bon homme dit en lui-même : S'il faut que je meure, j'aurai la consolation de laisser du pain à mes pauvres enfants.

84.
Continuation.

Il retourna dans la chambre où il avait couché, et y ayant trouvé une grande quantité de pièces d'or, il remplit le grand coffre dont la bête lui avait parlé, le ferma et ayant repris son cheval qu'il retrouva dans l'écurie, il sortit de ce palais avec une tristesse égale à la joie qu'il avait lorsqu'il y était entré. Son cheval prit de lui-même une des routes de la forêt, et en peu d'heures le bon homme arriva dans sa petite maison. Ses enfants se rassemblèrent autour de lui; mais au lieu d'être sensible à leurs caresses, le marchand se mit à pleurer en les regardant. Il tenait à la main la branche de roses qu'il apportait à la Belle; il la lui donna, et lui dit: La Belle, prenez ces roses, elles coûteront bien cher à votre malheureux père; et tout de suite il raconta à sa famille la funeste aventure qui lui était arrivée. A ce récit, ses deux aînées jetèrent de grands cris, et dirent des injures à la Belle qui ne pleurait point. Voyez ce que produit l'orgueil de cette petite créature, disaient-elles. Que ne demandait-elle des ajustements comme nous? mais non, mademoiselle voulait se distinguer, elle va causer la mort de notre père, et elle ne pleure pas. — Cela serait fort inutile, reprit la Belle : pourquoi pleurerais-je la mort de mon père? Il ne périra point. Puisque le monstre veut bien accepter une de ses filles, je veux me livrer à toute sa furie, et je me trouve fort heureuse, puisqu'en mourant j'aurai la joie de sauver mon père, et de lui prouver ma tendresse. — Non, ma sœur, lui dirent ses trois frères, vous ne mourrez pas : nous irons trouver ce monstre, et nous périrons sous ses coups, si nous ne pouvons le tuer. — Ne l'espérez pas, mes enfants, leur dit le marchand; la puissance de cette bête est si grande, qu'il ne me reste aucune espérance de la faire périr. Je suis charmé du bon cœur de la Belle; mais je ne veux pas l'exposer à la mort. Je suis vieux, il ne me reste que peu de temps à vivre, ainsi je ne perdrai que quelques années de vie, que je ne regrette qu'à cause de vous, mes chers enfants. — Je vous assure, mon père, lui dit la Belle, que vous n'irez pas à ce palais sans moi; vous ne pouvez m'empêcher de vous suivre. Quoique je sois jeune, je ne suis pas fort attachée à la vie, et j'aime mieux être dévorée par ce monstre que de mourir du chagrin que me donnerait votre perte. On eu beau dire, la Belle voulut absolument partir pour le beau palais, et ses sœurs en étaient charmées, parce que les vertus de cette cadette leur avaient inspiré beaucoup de jalousie.

85.

Continuation.

Le marchand était si occupé de la douleur de perdre sa fille qu'il ne pensait pas au coffre qu'il avait rempli d'or; mais aussitôt qu'il se fut enfermé dans sa chambre pour se coucher, il fut bien étonné de la trouver à côté de son lit. Il résolut de ne point dire à ses enfants qu'il était devenu si riche; parce que ses filles auraient voulu retourner à la ville, et qu'il était résolu de mourir dans cette campagne; mais il confia ce secret à la Belle, qui lui apprit qu'il était venu quelques gentilshommes pendant son absence; qu'il y en avait deux qui aimaient ses sœurs. Elle pria son père de les marier, car elle était si bonne qu'elle les aimait et leur pardonnait de tout son cœur le mal qu'elles lui avaient fait. Ces deux méchantes filles se frottèrent les yeux avec un oignon pour pleurer lorsque la Belle partit avec son père; mais ses frères pleuraient tout de bon, aussi bien que le marchand; il n'y avait que la Belle qui ne pleurait point, parce qu'elle ne voulait pas augmenter leur douleur. Le cheval prit la route du palais, et sur le soir, ils l'aperçurent illuminé comme la première fois. Le cheval alla tout seul à l'écurie, et le bon homme entra avec sa fille dans la grande salle, où ils trouvèrent une table magnifiquement servie avec deux couverts. Le marchand n'avait pas le cœur de manger; mais la Belle, s'efforçant de paraître tranquille, se mit à la table et le servit; puis elle disait en elle-même : La bête veut m'engraisser avant de me manger, puisqu'elle me fait faire si bonne chère. Quand ils eurent soupé, ils entendirent un grand bruit, et le marchand dit adieu à sa pauvre fille en pleurent; car il pensait que c'était la bête. La Belle ne put s'empêcher de frémir en voyant cette horrible figure, mais elle se rassura de son mieux, et le monstre lui ayant demandé si c'était de bon cœur qu'elle était venue, elle lui dit en tremblant qu'oui. Vous êtes bien bonne, lui dit la bête, et je vous suis bien obligée. Bon homme, partez demain matin, et ne vous avisez jamais de revenir ici. Adieu, la Belle. — Adieu, la Bête, répondit-elle, et tout de suite le monstre se retira. Ah! ma fille, dit le marchand, en embrassant la Belle, je suis à demi mort de frayeur. Croyez-moi, laissez-moi ici. — Non, mon père, lui dit la Belle avec fermeté, vous partirez demain matin, et vous m'abandonnerez au secours du ciel; peut-être aura-t-il pitié de moi. Ils furent se coucher, et croyaient ne pas dormir de toute la nuit; mais à peine furent-ils dans leurs lits que leurs yeux se fermèrent. Pendant son sommeil la Belle vit une dame qui lui dit: Je suis contente de votre bon cœur, la Belle; la bonne action que vous

7

faites, en donnant votre vie pour sauver celle de votre père, ne demeurera
point sans récompense. La Belle s'éveillant, raconta ce songe à son père,
et quoiqu'il le consolât un peu, cela ne l'empêcha pas de jeter de grands
cris, quand il fallut se séparer de sa chère fille.

86.

Continuation.

Lorsqu'il fut parti, la Belle s'assit dans la grande salle, et se mit à pleurer
aussi; mais comme elle avait beaucoup de courage, elle se recommanda à
Dieu et résolut de ne point se chagriner pour le peu de temps qu'elle avait
à vivre; car elle croyait fermement que la bête la mangerait ce soir. Elle
résolut de se promener en attendant, et de visiter ce beau château. Elle
ne pouvait s'empêcher d'en admirer la beauté. Mais elle fut bien surprise
de trouver une porte sur laquelle il y avait écrit: *Appartement de la Belle.*
Elle ouvrit cette porte avec précipitation; elle fut éblouie de la magnificence qui y régnait; mais ce qui frappa le plus sa vue, fut une grande
bibliothèque, un clavecin, et plusieurs livres de musique. On ne veut pas
que je m'ennuie, dit-elle tout bas; elle pensa ensuite: Si je n'avais qu'un
jour à demeurer ici, on ne m'aurait pas fait une telle provision. Cette
pensée ranima son courage. Elle ouvrit la bibliothèque, et vit un livre où
il y avait écrit en lettres d'or: *Souhaitez, commandez, vous êtes ici la reine
et la maîtresse.* Hélas! dit-elle en soupirant, je ne souhaite rien que de
voir mon pauvre père, et de savoir ce qu'il fait à présent. Elle avait dit
cela en elle-même. Quelle fut sa surprise, en jetant les yeux sur un grand
miroir, d'y voir sa maison où son père arrivait avec un visage extrêmement
triste! Ses soeurs venaient au devant de lui; et, malgré les grimaces
qu'elles faisaient pour paraître affligées, la joie qu'elles avaient de la perte
de leur soeur, paraissait sur leur visage. Un moment après, tout cela disparut, et la Belle ne put s'empêcher de penser que la bête était bien com-
plaisante, et qu'elle n'avait rien à craindre d'elle. A midi elle trouva la
table mise, et pendant son dîner elle entendit un excellent concert, quoiqu'elle ne vît personne. Le soir, comme elle allait se mettre à table, elle
entendit le bruit que faisait la bête, et ne put s'empêcher de frémir. La
Belle, lui dit ce monstre, voulez-vous bien que je vous voie souper? —
Vous êtes le maître, répondit la Belle en tremblant. — Non, reprit la bête,
il n'y a ici de maîtresse que vous. Vous n'avez qu'à me dire de m'en aller
si je vous ennuie; je sortirai tout de suite. Dites-moi, n'est-ce pas que
vous me trouvez bien laid? — Cela est vrai, dit la Belle, car je ne sais pas
mentir; mais je crois que vous êtes fort bon. — Vous avez raison, dit le
monstre: mais, outre que je suis laid, je n'ai point d'esprit: je sais bien
que je ne suis qu'une bête. — On n'est pas bête, reprit la Belle, quand on
croit n'avoir point d'esprit. Un sot n'a jamais su cela. — Mangez donc, la
Belle, lui dit le monstre, et tâchez de ne point vous ennuyer dans votre
maison; car tout ceci est à vous, et j'aurais du chagrin, si vous n'étiez pas
contente. — Vous avez bien de la bonté, dit la Belle. Je vous avoue, que
je suis bien contente de votre coeur; quand j'y pense, vous ne me paraissez

plus si laid. — Oh dame, oui, répondit la bête, j'ai le coeur bon, mais je suis un monstre. — Il y a bien des hommes qui sont plus monstres que vous, dit la Belle, et je vous aime mieux avec votre figure, que ceux qui, avec la figure d'homme, cachent un coeur faux, corrompu, ingrat.

87.
Continuation.

La Belle soupa de bon appétit. Elle n'avait presque plus peur du monstre, mais elle manqua mourir de frayeur, lorsqu'il lui dit: La Belle, voulez-vous être ma femme? Elle fut quelque temps sans répondre : elle avait peur d'exciter la colère du monstre en le refusant; elle lui dit pourtant en tremblant: Non, la bête. Dans le moment ce pauvre monstre voulut soupirer, et il fit un sifflement si épouvantable, que tout le palais en retentit : mais la Belle fut bientôt rassurée, car la bête lui ayant dit tristement: Adieu donc, la Belle ! sortit de la chambre, en se retournant de temps en temps pour la regarder encore. La Belle se voyant seule, sentit une grande compassion pour cette pauvre bête. Hélas ! disait-elle, c'est bien dommage qu'elle soit si laide, elle est si bonne.

La Belle passa trois mois dans ce palais avec assez de tranquillité. Tous les soirs la bête lui rendait visite, l'entretenait pendant le souper avec assez de bon sens, mais jamais avec ce qu'on appelle esprit dans le monde. Chaque jour la Belle découvrait de nouvelles bontés dans ce monstre; l'habitude de le voir l'avait accoutumée à sa laideur, et loin de craindre le moment de sa visite, elle regardait souvent a sa montre pour voir s'il était bientôt neuf heures; car la bête ne manquait jamais de venir à cette heure-là. Il n'y avait qu'une chose qui faisait de la peine à la Belle; c'est que le monstre avant de se coucher, lui demandait toujours, si elle voulait être sa femme, et paraissait pénétré de douleur, lorsqu'elle lui disait que non. Elle lui dit un jour: Vous me chagrinez, la bête ; je voudrais pouvoir vous épouser, mais je suis trop sincère pour vous faire croire que cela arrivera jamais ; je serai toujours votre amie, tâchez de vous contenter de cela. — Il le faut bien, reprit la bête ; je me rends justice ; je sais que je suis bien horrible, mais je vous aime beaucoup, cependant je suis trop heureux de ce que vous voulez bien rester ici ; promettez-moi que vous ne me quitterez jamais. La Belle rougit à ces paroles; elle avait vu, dans son miroir, que son père était malade du chagrin de l'avoir perdue, et elle souhaitait de le revoir. Je pourrais bien vous promettre, dit-elle à la bête, de ne vous jamais quitter, tout à fait; mais j'ai tant d'envie de revoir mon père, que je mourrai de douleur, si vous me refusez ce plaisir. — J'aime mieux mourir moi-même, dit le monstre, que de vous donner du chagrin ; je vous enverrai chez votre père, vous y resterez, et votre pauvre bête en mourra de douleur. — Non, lui dit la Belle en pleurant, je vous aime trop pour vouloir causer votre mort. Je vous promets de revenir dans huit jours; vous m'avez fait voir que mes soeurs sont mariées, et que mes frères sont partis pour l'armée ; mon père est tout seul, souffrez que je reste chez lui une semaine. — Vous y serez demain au matin, dit la bête ; mais souvenez-vous de votre promesse, vous n'aurez qu'à mettre votre bague sur une table en vous couchant, quand vous voudrez revenir. Adieu, la Belle. La bête soupira selon sa coutume, en disant ces mots, et la Belle se coucha toute triste de l'avoir affligée.

88.
Continuation.

Quand elle se réveilla le matin, elle se trouva dans la maison de son père, et ayant sonné une clochette qui était à côté de son lit, elle vit venir la servante, qui fit un grand cri en la voyant. Le bon homme accourut à ce cri, et manqua mourir de joie en revoyant sa chère fille, et ils se tinrent embrassés plus d'un quart d'heure. La Belle après les premiers transports, pensa qu'elle n'avait point d'habits pour se lever; mais la servante lui dit qu'elle venait de trouver dans la chambre voisine un grand coffre plein de robes d'or, garnies de diamants. La Belle remercia la bonne bête de ses attentions; elle prit la moins riche de ces robes, et dit à la servante de serrer les autres, dont elle voulait faire présent à ses soeurs; mais à peine eut-elle prononcé ces paroles, que le coffre disparut. Son père lui dit que la bête voulait qu'elle gardât tout cela pour elle, et aussitôt les robes et le coffre revinrent à la même place. La Belle s'habilla, et pendant ce temps on fit avertir ses soeurs, qui accoururent avec leurs maris. Elles étaient toutes deux fort malheureuses. La Belle eut beau caresser ses soeurs, rien ne put étouffer leur jalousie, qui augmenta beaucoup quand elle leur eut conté combien elle était heureuse. Ces deux jalouses descendirent dans le jardin, pour y pleurer tout à leur aise; et elles se disaient: Pourquoi cette petite créature est-elle plus heureuse que nous? ne sommes-nous pas plus aimables qu'elle? Ma soeur, dit l'aînée, il me vient une pensée: tâchons de l'arrêter ici plus de huit jours; sa sotte bête se mettra en colère de ce qu'elle lui aura manqué de parole, et peut-être qu'elle la dévorera. — Vous avez raison, ma soeur, répondit l'autre. Pour cela il lui faut faire de grandes caresses. Et, ayant pris cette résolution, elles remontèrent, et firent tant d'amitié à leur soeur, que la Belle en pleura de joie. Quand les huit jours furent passés, les deux soeurs s'arrachèrent les cheveux, et firent tant les affligées de son départ, qu'elle promit de rester encore huit jours.

89.
Continuation.

Cependant la Belle se reprochait le chagrin qu'elle aller donner à sa pauvre bête, qu'elle aimait de tout son coeur; et elle s'ennuyait de ne plus la voir. La dixième nuit qu'elle passa chez son père, elle rêva qu'elle était dans le jardin du palais et qu'elle voyait la bête couchée sur l'herbe, et prête à mourir, qui lui reprochait son ingratitude. La Belle se réveilla en sursaut, et versa des larmes. Ne suis-je pas bien méchante, disait-elle, de donner du chagrin à une bête qui a pour moi tant de complaisance? Est-ce sa faute, si elle est si laide et si elle a peu d'esprit? Elle est bonne, cela vaut mieux que tout le reste. Pourquoi n'ai-je pas voulu l'épouser? Je serai plus heureuse avec elle, que mes soeurs avec leurs maris. Ce n'est ni la beauté, ni l'esprit d'un mari, qui rendent une femme contente, c'est la bonté du caractère, la vertu, la complaisance, et la bête a toutes ces bonnes qualités. Je n'ai point d'amour pour elle, mais j'ai de l'estime, de l'amitié et de la reconnaissance. Allons, il ne faut pas la rendre malheureuse; je me reprocherais toute ma vie mon ingratitude. A ces mots la Belle se lève, met sa bague sur la table, et revient se coucher. A peine fut-elle dans son lit, qu'elle s'endormit; et quand elle se réveilla le matin, elle vit avec joie qu'elle était dans le palais de la bête. Elle s'habilla magnifiquement pour lui plaire, et s'ennuya à mourir toute la journée, en attendant neuf heures du soir; mais l'horloge eut beau sonner, la bête ne parut point. La Belle alors craignit d'avoir causé sa mort. Elle courut tout le palais en jetant de grands cris, elle était au désespoir. Après avoir cherché partout, elle se souvint de son rêve, et courut dans le jardin vers le canal, où elle l'avait vue en dormant. Elle trouva la pauvre bête étendue, sans connaissance, et elle crut qu'elle était morte. Elle se jeta sur son corps sans avoir horreur de sa figure, et sentant que son coeur battait encore, elle prit de l'eau dans le canal, et lui en jeta sur la tête. La bête ouvrit les yeux, et dit à la Belle: Vous avez oublié votre promesse, le chagrin de vous avoir perdue m'a fait résoudre à me laisser mourir de faim; mais je meurs contente, puisque j'ai le plaisir de vous revoir encore une fois. — Non, ma chère bête, vous ne mourrez point, lui dit la Belle, vous vivrez pour devenir mon époux: dès ce moment je vous donne ma main, et je jure que je ne serai qu'à vous. A peine la Belle eut-elle prononcé ces paroles qu'elle vit le château brillant de lumière; les feux d'artifice, la musique, tout lui annonçait une fête; mais toutes ces beautés n'arrêtèrent point sa vue: elle se retourna vers sa chère bête, dont le danger la faisait frémir. Quelle fut sa surprise! la bête avait disparu, et elle ne vit plus à ses pieds qu'un prince plus beau que l'amour, qui la remerciait d'avoir fini son enchantement. Quoique ce prince méritât toute son attention, elle ne put s'empêcher de lui demander où était la bête. Vous la voyez à vos pieds, lui dit le prince. Une méchante fée m'avait condamné à rester sous cette figure jusqu'à ce qu'une belle fille consentît à m'épouser, et elle m'avait défendu de faire paraître mon esprit. Ainsi il n'y avait que vous dans le monde assez bonne pour vous laisser toucher à la bonté de mon caractère; et en vous offrant ma couronne, je ne puis m'acquitter des obligations que je vous ai.

90.

Conclusion.

La Belle, agréablement surprise, donna la main à ce beau prince pour le relever. Ils allèrent ensemble au château; et la Belle manqua mourir de joie en trouvant dans la grande salle son père et toute sa famille, que la belle dame qui lui était apparue en songe, avait transportés au château. La Belle, lui dit cette dame qui était une grande fée, venez recevoir la récompence de votre bon choix; vous avez préféré la vertu à la beauté et à l'esprit, vous méritez de trouver toutes ces qualités réunies en une même personne. Vous allez devenir une grande reine : j'espère que le trône ne détruira pas vos vertus. Pour vous, mesdames, dit la fée aux deux soeurs de la Belle, je connais votre coeur et toute la malice qu'il renferme. Devenez deux statues, mais conservez toute votre raison sous la pierre qui vous enveloppera. Vous demeurerez à la porte du palais de votre soeur, et je ne vous impose point d'autre peine que d'être témoins de son bonheur. Vous ne pourrez revenir dans votre premier état, qu'au moment, où vous reconnaîtrez vos fautes ; mais j'ai bien peur que vous ne restiez toujours statues. On se corrige de l'orgueil, de la colère, de la gourmandise et de la paresse ; mais c'est une espèce de miracle que la conversion d'un coeur méchant et envieux. Dans le moment la fée donna un coup de baguette, qui transporta tous ceux qui étaient dans cette salle dans le royaume du prince. Ses sujets le virent avec joie, et il épousa la Belle, qui vécut avec lui fort longtemps, et dans un bonheur parfait, parce qu'il était fondé sur la vertu.

91.
The three wishes.

Il y avait une fois un homme qui nétait pas fort riche ; il se maria, et épousa une jolie femme. Un soir, en hiver, qu'ils étaient auprès de leur feu, ils s'entretenaient du bonheur de leurs voisins, qui étaient plus riches qu'eux. Oh! si j'étais la maîtresse d'avoir tout ce que je souhaiterais, dit la femme, je serais bientôt plus heureuse que tous ces gens-là. — Et moi aussi, dit le mari, je voudrais être au temps des fées, et qu'il s'en trouvât une assez bonne, pour m'accorder tout ce que je désirerais. Au même instant, ils virent dans leur chambre une très belle dame, qui leur dit : Je suis une fée, je vous promets de vous accorder les trois premières choses que vous souhaiterez ; mais prenez-y garde, après avoir souhaité trois choses, je ne vous accorderai plus rien. La fée ayant disparu, cet homme et cette femme furent très embarrassés. Pour moi, dit la femme, si je suis la maîtresse, je sais bien ce que je souhaiterai. Je ne souhaite pas encore, mais il me semble qu'il n'y a rien de si bon que d'être belle, riche et de qualité. — Mais, répondit le mari, avec ces choses on peut être malade, chagrin, on peut mourir jeune ; il serait plus sage de souhaiter de la santé, de la joie et une longue vie. — Et à quoi servirait une longue vie, si l'on était pauvre? dit la femme ; cela ne servirait qu'à être malheureux plus longtemps. En vérité, la fée aurait dû nous promettre de nous accorder une douzaine de dons, car il y a au moins une douzaine de choses dont j'aurais besoin. — Cela est vrai, dit le mari, mais prenons du temps. Examinons d'ici à demain matin les trois choses qui nous sont le plus nécessaires, et nous les demanderons ensuite. — J'y veux penser toute la nuit, dit la femme ; en attendant, chauffons nous, car il fait froid. En même temps, la femme prit les pincettes et racommoda le feu ; et comme elle vit qu'il y avait beaucoup de charbons bien allumés, elle dit sans y penser : Voilà un bon feu, je voudrais avoir une aune de boudin pour notre souper, nous pourrions le faire cuire bien aisément. A peine eut-elle achevé ces paroles, qu'il tomba une aune de boudin par la cheminée. Peste soit de la gourmande avec son boudin !

dit le mari ; ne voilà-t-il pas un beau souhait ! nous n'en avons plus que deux à faire ; pour moi, je suis si en colère que je voudrais que tu eusses le boudin au bout du nez. Dans le moment, l'homme s'aperçut qu'il était encore plus fou que sa femme ; car, par ce second souhait, le boudin sauta au bout du nez de cette pauvre femme, qui ne put jamais l'arracher. Que je suis malheureuse ! s'écria-t-elle, tu es un méchant, d'avoir souhaité ce boudin au bout de mon nez. — Je te jure, ma chère femme, que je n'y pensais pas, répondit le mari ; mais que ferons-nous ? Je vais souhaiter de grandes richesses, et je te ferai faire un étui d'or pour cacher le boudin. — Gardez-vous en bien, reprit la femme, car je me tuerais s'il fallait vivre avec ce boudin à mon nez : croyez-moi, il nous reste un souhait à faire ; laissez-le moi, ou je vais me jeter par la fenêtre. En disant ces paroles, elle courut ouvrir la fenêtre, et son mari qui l'aimait, lui cria : Arrête, ma chère femme, je te donne la permission de souhaiter tout ce que tu voudras. — Eh bien, dit la femme, je souhaite que le boudin tombe à terre. Dans le moment le boudin tomba, et la femme qui avait de l'esprit, dit à son mari : La fée s'est moquée de nous, et elle a eu raison. Peut-être aurions nous été plus malheureux étant riches, que nous ne le sommes à présent. Crois-moi, mon ami, ne souhaitons rien, et prenons les choses comme il plaira à Dieu de nous les envoyer. En attendant, soupons avec notre boudin, puisqu'il ne nous reste que cela de nos souhaits. Le mari pensa que sa femme avait raison : ils soupèrent gaiement, et ne s'embarrassèrent plus des choses qu'ils avaient eu dessein de souhaiter.

VOCABULARY TO THE EXERCISES

1.

Dont, donᵗ, with which, of which; nouvelle, noo-vell', news; en, ân, in; agé, â-zhey', old, aged; pour savoir, poor-sâ-voo_arr', in order to know ; à faire, â-fairr', to do ; oisif, oo_û-zcef', idle; prêt, pray, ready; il faut, eel-fo', it is necessary; pour écrire, poor-ey-kreer', to write; satisfait, sâ-teess-fai', satisfied ; réponse, rey-ponᵗs', answer, reply; attentif, ât-tânᵗ-teef', attentive; devriez, dŭ-vree_ey', ought, should; détruit, dey-trü_ee', destroyed; par, pûrr, by; flamme, flâmm', flame; annoncer, ân-nonᵗ-sey', to announce; rétabli, rey-tâ-blee', reestablished; occasion, ok-kâ-see_onᵛ', opportunity; connaissance, kon-nai-sânᵗs', acquaintance; duc, dü'k', duke.

2.

Ainsi, anᵗ-see', thus; complaisance, konᵗ-plai-zânᵗs', kindness ; rendre, rânᵛ'-dr, to render, to do; service, serr-veess', service; depuis, dă-pü_ee', since; vers, vairr, towards ; arriver, ar-ree-vey', to arrive; croire, kroo_arr', to believe ; agir, â-zheer', to act; époque, ey-pock', epoch; avoir toutes sortes de bontés, â-voo_arr'-toot' sorrt'-dă-bonᵗ-tey', to be very kind; c'est pourquoi, say-poor-koo_â', that is why; cesser, ses-sey', to cease; plaindre, planᵛ'-dr, to complain; sort, sorr, fate; mériter, mey-ree-tey', to deserve.

3.

Passé, pâss-sey', passed; avantage, â-vânᵗ-tâzh', pleasure, advantage ; diner, dee-ney', to dine; il nous fit reconduire, eel-noo-fee-rŭ-konᵗ-dü_cer', he had us driven home; voiture, voo_û-tü'rr', carriage; rencontrer, rânᵗ-konᵗ-trey', to meet; prévenir, prey-vă-neer', to inform; courage, koo-râzh', courage; dire, deerr, to say, to tell; dès que, day'-kŭ, as soon as; à peine, â-pain', scarcely ; ordre, orr'-dr, order, command ; revenir, rŭ-vă-neer', to come back ; entièrement, ânᵗ-tee_airr-mânᵛ', entirely.

4.

Donc, donᵗ (donk), then; raisonnable, rai-zo-nû'-bl, reasonable, rational; espérer, ess-pey-rey', to hope; retour, rŭ-toor', return; tant que, tânᵗ-kŭ, as long as; indisposé, anᵗ-deess-po-zey', indisposed, unwell; à étudier, â-ey-tü-dee_ey', to study, in studying; langue, lâng, language, tongue; français, frânᵗ-say', French; avancé, â-vânᵗ-sey', advanced; societé, so-sec-ey-tey', society; charmant, shârr-mânᵛ', charming; flatteur, flât-törr', flatterer; aider, ai-dey', to help; achever, âsh-vey', to finish; dessin, des-sanᵗ, the drawing; modéré, mo-dey-rey', moderate; désir, dey-zeer', desire, wish; charmé, shârr-mey', rejoiced, delighted, charmed; pouvoir, poo-voo_arr', to be able.

5.

Je crois, zhă-kroo_â', I believe; servir, serr-veer', to serve, to wait upon; assiduité, â-see-dü_ee-tey', application; mécontent, mey-konᵗ-tânᵛ', dissatisfied; il convient, eel-konᵗ-vee-anᵛ', it suits, it is proper; gens, zhân, people, servants; égards, ey-gârr', esteem; vieillesse, vec_el-yess', old age; de manière, dă-mâ-nee-airr', in such a manner, so that; quoique, koo_â'-kŭ, although; voir, voo-arr', to see; remarquable, ră-mûrr-kâ'-bl, remarkable; je croyais, zhă-kroo_â-yay', I believed, I thought; versé, verr-sey', versed; l'anglais, lânᵗ-lay', the English language, the

(94)

Englishman; je voudrais, zhă-voo-dray′, I should wish; sur vos gardes, sü′rr-vo-gârrd′, on your guard; aucune liaison, o-kü′n-lee-ai-zon⁗, no connection; craignais, kran-yay′, feared; force, forrss, force, strength; supporter, sü-porr-tey′, to support, to bear. fatigue, fâ-teeg′, fatique.

6.

Intelligence, esprit, ess-pree′; busy, occupée, ok-kü-pey′; to write, à écrire, â-ey-kreer′; in a good humor, bien disposé, bee‿an⁗-dee-spo-sey′; to want, avoir besoin de, â-voo‿arr′-bŭ-soo‿an⁗-dŭ; boy, garçon, garr-son⁗; to go out, sortir, sorr-teerr′; obedient, obéissant, o-bey-ee-sân⁗; fortune, la fortune, lâ-forr-tü′n′; no longer, ne...plus, nŭ...plü; of learning, d'apprendre, dâ-prân⁗-dr; modesty, modestie, mo-dess-tee′.

7.

Peter, Pierre, pee-airr′; golden watch, montre d'or, mon⁗-tr-dorr′; able, en état, ân-ney-tâ′; progress, progrès, pro-gray′; to wish, désirer, dey-zee-rey′; determined, résolu, rey-zo-lü′; blamable, blâmable, blû-mâ′-bl; to neglect, de négliger, dŭ-ney glee-zhey′; to have a mind, avoir envie, â-voo‿arr′-ân⁗-vee′; to go for a walk, de se promener, dŭ-sŭ-prom-ney′; the piano, le piano, lŭ-pee-â-no′.

8.

On my arrival, à mon arrivé, â-mon-nar-ree-vey′; till, jusqu'à, zhü′ss-kâ′; satisfied with, content de, kon⁗-tân⁗ dŭ; harpsichord, clavecin, klâv-sin⁗; if I could, si je savais, see-zhŭ-sâ-vay′; better, mieux, me‿ŏ′; without the nursing, sans les soins, sân⁗-lay-soo‿an⁗; to see again, revoir, rŭ-voo‿ârr′; to know, connaître, kon-nay′-tr.

9.

About you, sur vous, sü′rr-voo′; difficult in his choice, difficile dans le choix, dee-fee-seel′ dân⁗-lŭ-shoo‿â′; soon, bientôt, bee‿an⁗-toe′; of it (to it), y, ee; sometimes, quelquefois, keck-foo‿â′ (kel-kŭ-foo‿â′); yesterday evening, hier au soir, hee‿air′-ro-soo‿arr′; certainly, sans doute, sân⁗-doot′; in the market, au marché, o-marr-shey′.

10.

Inviter, an⁗-vee-tey′, to invite; nombreux, non⁗-brö′, numerous; compagnie, kon⁗-pân-yee′, company, society; bourse, boo′rss, purse; renfermer, rân⁗-ferr-mey′, to contain; plusieurs, plü-zec-örr′, several; pièce, pee-aiss′, piece; montrer, mon⁗-trey′, to show; tailler, tâl-yey′, to make, to mend, to cut; couper, koo-pey′, to cut; accompagner, âk-kom-pân-yey′, to accompany; promenade, pro′m-nûd′, walk; remercier, rŭ-merr-see-ey′, to thank; prier, pree-ey′, to ask, to request, to pray; rester, res-stey′, to remain, to stay; afin que, â-fan⁗-kŭ, so that; rentrer, rân⁗-trey′, to return home; monter à cheval, mon⁗-tey′ âsh-vâll′, to ride, to take a ride; va, vâ, goes; envoyez-la, ân⁗-voo‿â-yey-lâ′, send it; l'horloger, lorr-lo-zhey′, the watchmaker; pour que, poorr-kâ, sq that, in order that; réparer, rey-pâ-rey′, to repair; expédier, ecks-pey-dee‿ey′, to forward; volontiers, vo-lon⁗-tee-ey′, willingly; en magasin, ân⁗-mâ-gâ-zan⁗, in store; traiter, trai-tey′, to treat; froideur, froo‿â-dörr′, coldness; confiier, kon⁗-fee-ey′, to confide; chagrin, shâ-gran⁗, grief; consoler, kon⁗-so-ley′, to comfort.

11.

Additionner, âd-dee-see-o-ney′, to add; nombre, non⁗-br, numbers; ordonner, orr-don-ney′, to order; canne, kânn′, cane; tarder, tarr-dey′, to delay; tant, tân⁗, so long, so much; conformer, kon⁗-for-mey′, to conform; regarder, rŭ-garr-dey′, to look upon; ouvrier, oo-vree-ey′, workman, laborer, journeyman; grimper, gran⁗-pey′, to climb; toit, too‿â′, the roof; position, po-see-see‿on⁗, situation, position; bien, bee‿an⁗, very, well; périlleux, pey-reel-yö′, perillous; échelle, ey-shell′, ladder; vaciller, vâ-see-ley′, to waver, to shake; tomber, ton⁗-bey′, to fall; pied, pee‿ey′, foot; de hauteur, dŭ-ho-törr′, high; chute, shü't′, fall; sûrement, sü′rr-mân^ε', surely; véritablement, vey-ree-tâ-bl-mân^ε', truly; étudier, ey-tü-dee-ey', to study; ouvrage, oo-vrâzh', work; retirer, rǎ-tee-rey', to obtain, to draw, to withdraw.

12.

Enfin, ân^ε-fan^ε', finally; empêcher, ân^ε-pay-shey', to prevent; nous devons, noo-dǎ-von^ε', we ought, must; lequel, lǎ-kell', laquelle, lû-kell', which one; jouir, zhoo̯eer', to enjoy; repos, rǎ-po', rest; douter, doo-tey', to doubt; succès, sü'k-sai', success; réunir, rey-ü-neer', to unite; réfléchir, rey-fley-sheer', to reflect; printemps, pran^ε-tân^ε', spring; approcher, âp-prosh-shey', to approach; fleurir, flö-reerr', to bloom; s'affermir, sâ-ferr-meer', to become firm, to establish itself; de plus en plus, dǎ-plü-sân^ε-plü', more and more; avertir, â-verr-teer', to inform, to warn; négligence, ney-glee-shûn^εs', negligence, carelessness; je veux, zhǎ-vö', I will, I am determined; danger, dân^ε-zhey', danger; il court, eel-koor', he runs.

13.

Rendre le salut, rân^ε'-dr lǎ-sâ-lü', to return the greeting; rendre compte, rân^ε'-dr kon^εt', to render an account; action, âk-see̯on^ε', action; étoffe, ey-toff', stuff: en détail, ûn^ε-dey-tâl'', by retail; je sais, zhǎ-say', I know; si, see, if, whether; au quintal, o-kan^ε-tâll', by the hundred weight; entendre, ûn^ε-tân^ε'-dr, to understand; sens, sân^ε, meaning, sense; phrase, frâ'z, phrase; le plutôt possible, lǎ-plü-to-poss-see'-bl, as soon as possible; perdre au jeu, perr-dr-o-zhǎ', to lose at play; ramasser, râ-mass-sey', to pick up; prenez garde, prǎ-ney-garrd', take care; mordre, morr'-dr, to bite.

14.

Trifle, bagatelle, bâ-gâ-tell'; profit, profiter, pro-fee-tey'; but not, mais non pas, may-non^ε-pâ'; I say, je dis, zhǎ-dee'; the lesson, la leçon, lâl-son^ε'; to repeat, répéter, rey-pey-tey'; whilst, pendant que, pân^ε-dân^ε'-kǎ; to chat, babiller, bâ-beel-yey'; to relate, raconter, râ-kon^ε-tey'; a history, une histoire, ü'n-nee-stoo̯arr'.

15.

To lie, mentir, mân^ε-teer'; not to love, n'aimer pas, nai-mey-pâ'.

16.

Next monday, lundi prochain, lön^ε-dee' pro-shan^ε'; If you do not take care, si vous ne prenez garde, see-voo-nǎ-prǎ-ney-garrd'; Saturday, samedi, sâm-dee'; at the ball, au bal, o-bâll'.

17.

The reward, la récompense, lâ-rey-kon^ε-pân^εs'; lied, mentiez, mân^ε-tee-ey'; to be thirsty, avoir soif, â-voo-arr-soo̯âf'; about me, sur moi, sü'rr-moo̯â'; much, beaucoup, bo-koo'.

18.

Honorer, ho-no-rey', to honor; haïr, hâ̯eer' to hate; châtier, shâ'-tee-ey', to chastise; pour avoir, poo-râ-voo̯arr', for having; relier, rǎ-lee̯ey', to bind; de tout mon cœur, dǎ-too-mon^ε-körr', with all my heart; pour que, poor'-kǎ, so that; plus haut, plü-ho', louder.

19.

Plus... moins, plü ... moo̯an^ε', the more ... the less; hâter, hâ'-tey', to hasten; avancer, â-vân^ε-sey', to advance; placer, plâ-sey', to put, to placer; devant, dǎ-vân^ε', before; ailleurs, âl-yörr' (â̯ee-yörr'), elsewhere; amuser, â-mü-sey', to amuse; se réjouir, sǎ-râ-zhoo̯eer', to rejoice; sincèrement, san^ε-sairr-mân^ε', sincerely; lecture, leck-tü'rr', reading; intéressant, an^ε-tey-ress-sân^ε', interesting; baigner, ben-yey', to bathe; se porter, sǎ-porr-tey', to find one's self, to be; à merveille, â-merr-vel'', extremely well; se lever, sǎ-lǎ-vey', to rise; de bonne heure, dǎ-bonn'-hörr', early; s'appeler, sâ-pley', to be called.

20.

To improve, se corriger, să-kor-ree-zhey′; to lose one's self, s'égarer, sey-gâ-rey′; to quarrel, se brouiller, să-broo_il-yey′; to meddle with, se mêler de, să-may-ley′-dă; to bring upon one's self, s'attirer, sât-tee-rey′; reproach, reproche, ră-prosh′; to betake one's self, se rendre à, să-rûn′′-dr â; to occupy one's self with, s'occuper à, sok-kü-pey′ û; the day, la journée, lâ-zhoor-ney′; died, mort, morr; to conceal, cacher, kâsh-shey′; to rest, se reposer, să·ră·po-sey′.

21.

Quelque chose, (kelk) keck-sho'z′, something; seulement, söl-mân′′, only; fois, foo_â′, time; lit, lee, bed; voulez-vous, voo-ley-voo′, will you; oreille, o-rel′′, ear; vérité, vey-ree-tey′, verity; je suis fâché, zhă-sü_ee′ fâ′-shay′, I am sorry; savais, să-vay′, knew; autrement, o-tr-mân′′, otherwise; de venir me voir, dă-v'neer′ mă-voo_arr′, to come and see me.

22.

War, guerre, gayrr; early, tôt, toe; angry, fâchée, fâ′-shey′.

23.

Loisir, loo_â-zeer′, leisure; au long, o-lon′′, amply, fully; nécessaire, ney-sess-sairr′, necessary; vite, veet, quickly, rapidly; lentement, lân′t′-mân′′, slowly; écriture, ey-kree-tü'rr′, writing; roconnais, râ-kon-nay′, recognize.

24.

Certainly, sûrement, sü′rr-mân′′; a month ago, il y a un mois, eel-ee-â ön′-moo_â′.

25.

Gazette, gâ-zett′, paper, gazette; comme, komm′, as; retenez, ră-tă-ney′, retain; presque, presk′, almost; goût, goo, taste; former, forr-mey′, to form.

26.

To-day's, d'aujourd'hui, doe-zhoor-dü_ee′.

27.

En ordre ân-norr′-dr, in order; linge, lan′zh, linen; plaira, plai-râ′, will please, please; à part, â-pârr′, a-side; loterie, lo-tree′, lottery; mise, meez, stake.

28.

Seldom, rarement, râ′rr-mân′′; to allow, permettre, perr-met′-tr; to go into, d'entrer, dûn′-trey; to remit, remettre, ră-met′-tre.

29.

Moitié, moo_â-tee-ey′, half; bien, bee_an′′, perhaps, may be; bras, bra′, arm; apprendre, â-prân′′-dr, to learn; danser, dân′-sey′, to danse; comprendre, kon′-prân′′-dr, to comprehend; règle, rai′-gl, rule; sot, so, blockhead.

30.

France, la France, lâ-frân′s; to explain, expliquer, ecks-plee-key′.

31.

Non'plus, non′-plü′, neither, nor; allumer, âl-lü-mey′, to light up, to kindle; faire le tour de, fairr-lă-toor′ dă, to walk around; tout à l'heure, too-tâ-lörr′, immediately; courir, koo-reer′, to run; paysage, pey_ee-zâzh′, landscape.

32.

That pleases them, ce qui leur plaît, să-kee-lörr-plai′; to happen, arriver, âr-ree-vey′; to send word to announce, fair annoncer, fairr-â-non′-sey′

33.

Monde′, mon′d′, people; elle vint à moi, ell′-van′-tâ-moo‿â, she came towards me; sans, sân′, without; je verrai, zhă-verr-rey′, I shall see; connaissance, kon-nai-sân′s′, acquaintance; honneur, on-nörr′, honour; reconnaître, rĭ-kon-nay′-tr, to recognize; voix, voo‿â, voice.

34.

Not a single, ne...aucun(e), nă...o-kön′′ (o-kü'n′); to leave, quitter, kee-tey′; alone, seul, sö'l; every body, tout le monde, tool-mon′d′; half the town, la moitié de la ville, lâ-moo‿â-tee‿ey′ dŭ-lâ-veel′.

35.

Chose, sho'z, thing; incroyable, an′-kroo‿â-yâ-bl, incredible; justement, zhü'st-mân′, exactly; le contraire, lă-kon′-trairr′, the contrary; crédule, krey-dü'l′, credulous; menteur, mân′-törr′, liar; évangile, ey-vân′-zheel′, gospel.

36.

Not at all, ne...pas du tout, nă...pâ-dü-too′.

37.

Gâter, gâ'-tey′, to spoil; ne...guère, nă...gairr, not much, scarcely any; chacun, shâ-kön′, each, every one.

38.

Unwell, indisposé, an′-de-spo-zey′; eldest, aîné, ay-ney′; the drop, la goutte, lâ-goo′t′; she becomes, elle devient, ell′-dă-vee‿an′.

39.

De chez, dâ-shey′, from (the house of); pourtant, poor-tân′, however; au devant de moi, o'd-vân′-dă-moo‿â′, to meet me; logis, lo-zhee′, dwelling, lodging; il vient de sortir, eel-vee‿an′-dă-sorr-teerr′, he is just gone out; fort à propos, forr-tâ-pro-po′, in the nick of time; revenir, rĭ-v'neer′, to come back; se souvenir, sĭ-soo-v'neer′, to remember.

40.

To become, devenir, dă-v'neer′; miserly, avare, ĭ-vâ'rr′.

41.

Retenir, rĭ-t'neer′, to retain, to keep, to stop; autrui, o-trŭ‿ee′, others; apprendre, par coeur, â-prân′-dr parr-körr′, to learn by heart; appartenir, â-parr-t'neer′, to belong; soutenir, soo-t'neer′, to insist upon, to support; obtenir, ob-t'neer′, to obtain; soutien, soo-tee‿an′, support; pressé, press-sey′, in haste; adieu, â-dee-ö′, good bye.

42.

Learned, savant, sâ-vân′; to keep one's word, tenir parole, tĭ-neer′ pâ-rol′; the count, le comte, lŭ-kon′t′.

43.

Récompenser, rey-kon′-pân′-sey′, to reward; le prochain, lă-pro-shan′, the neighbor, the fellow-creature; pouvoir, poo-voo‿arr′, power; à quoi, ĭ-koo‿â′, to what; gloire, gloo‿arr′, glory; on a servi, on-nâ-serr-vee′, dinner is on the table; honnête, on-nayt′, honest.

44.

The regiment, le régiment, lă-rey-zhee-mân′; most, le plus, lŭ-plü′; to make use of, se servir de, sĭ-serr-veer′ dă; the carriage, la voiture, lâ-voo‿â-tü'rr′; herein, en cela, ân′-s'lâ′; grateful, reconnaissant, ră-kon-nai-san′.

45.

Matin, mâ-tan′, early; il faut que je, eel-fo′ kă-zhŭ, I must.

46.

I should like, je voudrais, zhŭ-voo-dray′.

47.

Je pouvais, zhŭ-poo-vay′, I could; laisser, les-sey′, to let; dormir la grasse matiné, dorr-meer′-là-grâss-mâ-tee-ney′, to sleep till all hours; sommeil, so-mel′′, sleep; s'endormir, sân′′-dorr-meer′, to fall asleep.

48.

The day after to-morrow, après demain, â-pray-d'man′; England, l'Angleterre, lân′-glă-tairr′; to call (to awake), éveiller, ey-vel-yey′; to fall asleep again, se rendormir, sŭ-rân′-dorr-meer′.

49.

Odeur, o-dörr′, odor; de loin, dă-loo‿an′′, from afar; sentir le brûlé, sân′-teer-lă-brü-ley′, to smell burned; douleur, doo-lörr′, pain; se repentir, sŭ-rŭ-pûn′-teer′, to repent; faute, fo′t′, fault.

50.

Trouble, peine, pain′; liar, *f.* menteuse, man′-tö′z′; to offend, offensé, of-fûn′-sey′; once, une fois, ü'n-foo‿â′.

51.

Fenêtre, fŭ-nay′-tr, window; souffrir, soo-freer′, to suffer, to bear; tableau, tâblo′, picture; chaudron, sho-dron′′, boiler; crever, krey-vey′, to burst; assiette, â-see-et′, plate; toucher, too-shey′, to touch.

52.

To call, appeler, â-pley′; there is something there, il y a quelqu'un, eel-ee-â′ kăl-kön′′; from outside, exterieur, eck-stey-ree-örr′; the air, l'air, *m.* lairr; it is very cold, il fait fort froid, eel-fai-forr-froo‿â′; cloak, manteau, mân′-toe′.

53.

Jeter, zhă-tey′, to throw; aller, ûl-ley′, to go; quelques, kelk', some, a few; renvoyer, rân′-voo‿â-yey′, to send back.

54.

The post-office, la post, lâ-pŏst′.

55.

Je ne saurais, zhŭ-nŭ-so-ray′, I could not; que je sache, kŭ-zhŭ-sâsh′, as far as I know, that I know; savoir bon gré, sâ-voo‿arr′ bon′-grey′, to be obliged (for).

56.

Here, ici, ce-see′; to employ, employer, ân′-ploo‿â-yey′.

57.

Pas grand' chose, pâ-grân′-sho'z′, not much, no great things; manière, mâ-nee-airr′, manner; sérieux, sey-ree-ö′, serious; se taire, sŭ-tairr′, te be silent; se sauver, sŭ-so-vey′, to save one's self, to flee; se rendre, sŭ-rân′′-dr, to surrender; s'exposer, seck-spo-sey′, to expose one's self.

58.

Shortly, dans peu, dân′-pö′; the ducat, le ducat, lŭ-dü-kâ′; the guilder, le florin, le florin, lŭ-flo-ran′′; to commit, commettre, ko-met′-tr.

59.

Lumière, lü-mee-airr′, light; est-ce que vous y voyez encore, ays-kŭ-voo-zee-voo‿â-yey′-zûn′-korr, can you see still?

60.

To go away, to depart, partir, parr-teer′; to die, mourir, moo-reer′; you can see no more, vous n'y voyez plus, voo-nee-voo‿â-yey-plü′; the eyes, les yeux, lay-see-ö′; to be near-sighted, avoir la vue basse, â-voo‿arr′ lâ-vü-bâss′; to ache, faire mal, fairr-mâl′; to have good sight (eyes), avoir la vue bonne, â-voo‿arr′ lâ-vü-bonn′

61

Je le veux bien, zhŭ-lŭ-vŏ-bee-an⁵′, I have no objection; car, kâr, then; avoir de l'humeur, û-voo‿arr′ dă-lü-mŏrr′, to be out of humour; nous irons, noo-zee-ron⁵′, we shall go; voyage, voo‿û-yâzh′, journey, voyage.

62.

We want you to, nous voulons que vous (*Subj.*), noo-voo-lon⁵′ kă-voo′; convinced, persuadé, perr-sü-â-dey′.

63.

Etre en peine, ay′-tr-ân⁵-pain′, to be in trouble; au lieu, o-lee-ŏ′, instead; pays, pey‿ee′, country; sou, soo (*a French coin*); hôte, ho′t′, host, landlord; posséder, pos-sey-dey′, to possess; la dette, lâ-dett′, the debt.

64.

To meddle in, se mêler de, să-may-ley-dă

65.

Avouer, â-voo-ey′, to confess; tel, tel′, such.

67.

Suivre, sü‿ee′-vr, to follow; Allemand, al′-măn⁵, German; mensonge, măn⁵-son⁵zh′, lie, falshood; maigre, mai′-gr, lean, thin; se faire tort à soi-même, să-fairr-torr û-soo‿û-maym′, to wrong one's self.

68.

Avoir besoin, û-voo‿arr′ bŭ-zoo‿an⁵′, to need; afin de, û-fan⁵-dă′, in order to; de peur de, dă-pŏrr′ dă, for fear of; incommoder, an⁵-ko-mo-dey′, to inconvenience; reculer, rŭ-kü-ley′, to go back, to recoil; avancer, û-vân⁵-sey′, to advance; loin de, loo‿an⁵′ dă, far from; dire des injures, deer-day-zan⁵-zhü′rr′, to abuse; mal à propos, mâl-â-pro-po′, at an improper time; supplier, sü-plee-ey′, to request, to implore; chapitre, shâ-pee′-tr, chapter; façon, fâ-son⁵′, ceremony.

69.

Aider, ai-dey′, to help; se relever, să-ră-l′vey′, to rise; apprendre, â-prăn⁵′-dr, to teach, to learn; enseigner, ân⁵-sen-yey′, to teach; commander, ko-măn⁵-dey′, to command, to order; c'est à vous, sayt-â-voo′, it is your turn; que... n'arrive, kŭ...nar-reav′, that happens; clair de la lune, klairr dŭ-lâ-lü′n′, moonlight; côté, ko′-tey′, side; s'accoutumer, sâc-koo-tü-mey′, to accustom one's self; clairement, klairr-măn⁵, clearly; la lieue, lâ-lee‿ŏ′, the league; louer, loo-ey′, to let, to rent; se résoudre, să-rey-zoo′-dr, to determine; dissuader, de-sü‿â-dey′, to dissuade; tout mon possible, too-mon⁵-poss′-see-bl, my utmost; vivre, vee′vr, to live; fou, foo, foolish, a fool.

70.

Demoiselle, dŭ-moo‿â-zell′, young lady; nommée, nom-mey′, named, called; bord, borr, bank, shore; ruisseau, rŭ‿ce-so′, rivulet, brook; rencontrer, răn⁵-kon⁵-trey′, to meet; noyer, noo‿â-yey′, to drown; pitié, pee-tee‿ey′, compassion; bête, bayt′, animal, beast; emporter, ân⁵-porr-tey′, to carry away; maîtresse, may-tress′, mistress; instant, in⁵-stân⁵′, instant, moment; se coucher, să-koo-shey′, to go to bed; se mit, să-mee′, commenced; tout à coup, toot-â-koo′, suddenly, at once; aboyer, â-boo‿â-yey′, to bark; chandelle, chân⁵-dell′, candle; regarder, rŭ-gârr-dey′, to look; sous, soo, under; lit, lee, bed; aspect, ûss-pai′ (ûss-peck) sight; terrible, ter-ree′-bl, terrible; voleur, vo-lŏr, thief; appeler au secours, â-pley′ o-s′koor′, to call for help; habitant, û-bee-tân⁵′, inhabitant, inmate; accoururent, ûck-koo-rü′rr′, hastened up, ran up; cris, kree, cry, scream; saisir, sai-seerr′, to seize; brigand, bree-gûn⁵′, robber; livrer, lee-vrey′, to deliver (up); justice, zhü-steess′, justice; avouer, â-voo‿ey′, to confess; interrogatoire, an⁵-terr-ro-gâ-toarr′, examination; intention, an⁵-tân⁵-see‿on⁵′, intention; assassiner, â-sâss-see-ney′, to assassinate, to murder; piller, peel-yey′, to rob, to plunder; rendre grâces, răn⁵′-drgrâ'as, to return thanks; le ciel, lŭ-see-ell', the sky; sauver, so-vey', to save; à son tour, â-son⁶-toor', in his (its) turn.

71.

Garçon, gûrr-son⁶', boy; meunier, mö-nee‿ey', miller; s'approcher trop près, sâp-prosh-shey' tro prai', to approach too near; maréchal, mâ-rey-shâll' ferrier; côté, ko-tey', side; s'élancer, sey-lân⁶-sey', to rush; retirer, rŭ-tee-rey', to draw out; le feu prit, lŭ-fö-pree', a fire broke out; sût, sŭ, knew; seulement, söl-mân⁶', only; trouble, troo'-bl, trouble, confusion; enlever, ân⁶'-l'vey', to take away, to carry off; crier, kree-cy', to scream, to cry; milieu, mee-le‿ö', midst, middle; de s'y exposer, dŭ-see-ex-po-zey', to expose themselves (to them); paraît, pû-ray', appears; rapporter, râp-porr-tey', to bring out; remet, rŭ-mai', hands; en disant, ân⁶-dee-zân⁶', saying; témoigner, tey-moo‿ân-yey', to show, to testify; reconnaissance, rŭ-kon-nai-sân⁶s', gratitude; secours, sŭ-koo'r', assistance; arracher, âr-râ-shey', to tear from.

72.

Paysan, pey‿ee-sân⁶, the peasant, farmer; suivi, sŭ‿ee-vee', followed, accompanied; en chemin, ân⁶-sh'man⁶', on the road; par terre, pârr-tayrr', on the ground; fer de cheval, fairr-dŭ-sh'vâl', horse-shoe; poche, posh, pocket; reprit, rŭ-pree', replied; cela ne vaut pas la peine, s'lâ-nŭ-vo-pû-lâ-payn', that is not worth while; se baisser, sŭ-bai-sey', to stoop; liard, le‿arr', half-penny; maréchal ferrant, marrey-shûl' ferr-rân⁶', ferrier; village, ve-lâ'zh', village; voisin, voo‿â-zan⁶', neighboring; cela fait, s'lû-fai, this done, after this; continuer, kon⁶-tee-nü-ey', to continue; route, root, way, journey; brûlant, brü-lân⁶', burning; distance, de-stân⁶s', distance; ni...ni, nee...nee, neither...nor; bois, boo‿â', woods, forest; source, soorss, source, well; mourait, moo-rai', was dying; soif, soo‿âf, thirst; peine, payn', trouble; laisser, less-sey, to let; alors, â-lorr', then; hasard, hâ-zarr', chance; avidité, â-ve-de-tey', avidity; promptement, pron⁶t'-mân⁶', quickly, promptly; bouche, boo'sh, mouth; pas, pâ, step; empressement, ân⁶-press-mân⁶', haste, eagerness; manége, mâ-neyzh', intrigue; se tourner, sŭ-toor-ney', to turn round; en riant, ân⁶-re‿ûn⁶', laughing; maintenant, man⁶-tŭ-nân⁶', now, at present; seul, söl, single, alone; fois, foo‿â', time; obligé, o-blee-zhey', obliged.

73.

Planté, plân⁶'-tey, planted; un pot à fleur, ön⁶-po-tâ-flö'rr', a flower-pot; un petit rosier, ön⁶-p'tee-ro-zee‿ey', a small rose-bush; commencement, kom-mân⁶s-mân⁶, beginning; couvert, koo-vairr', covered; bouton, boo-ton⁶', bud; devant, dŭ-vân⁶', before; chaque, shâck, each, every; soin, soo‿ön⁶', care; garder, garr-dey', to guard; cependant, sŭ-pân⁶-dân⁶', however; précaution, prey *-ko-see‿on⁶', precaution; nécessaire, ney-sess-sairr', necessary; paraissait, pâ-ress-sai', appeared; calm, kâl'm, calm; doux, doo, mild; lendemain matin, lan⁶-dŭ-man⁶' mâ-tan⁶', the next day; la rose, lâ-ro's', the rose; flétri, fley-tree', withered; gelée, zhŭ-ley', frost; douleur, doo-lörr', grief, pain; imprudence, in⁶-prü-dân⁶s', imprudence; donc, don⁶, don⁶k, then, therefore thus; accident, âck-see-dân⁶', accident; peine, payn', grief, sorrow; par là, pârr-lâ', by that; corruption, korr-rü'p-see‿on⁶', corruption; innocence, cen-no-sân⁶s', innocence; en fleurs, ân⁶-flö'rr', in flower; conserver, kon⁶-serr-vey', to preserve; pur, pü'r, pure; vice, veess, vice; besoin, bŭ-zoo‿an⁶', necessary; soins assidus, soo‿an⁶' ûs-see-dü', constant care; continuel, kon⁶-tee-nü-el', continual; attention, ût-tân⁶-see‿on⁶', attention.

74.

Comte, kon⁶t, count; pour cette raison, poor-set-rai-son⁶', for this reason; animé, â-nee-mey', excited; jurer, zhü-rey', to swear; payer, pey-yey', to pay, to engage; effectivement, ef-feck-teev-mân⁶', actually; meurtrier, mö'rr-tree-ey', murderer; suivant, sŭ‿ee-vân⁶', following; s'attendre, sât-tân⁶-dr, to expect; danger, dân⁶-zhey',

* pron. like ey in obey.

danger; menacer, mă-nâ-sey', to threaten; neveu, nă-vö', nephew; satisfait, sâ-tees-fai', pleased; noix, noo â', nut; se livrer au repos, să-lee-vrey-o-rŭ-po', to betake one's self to rest; se recommander, sŭ-ră-com-mân*-dey', to recommend one's self; protection, pro-teck-see on*', protection; s'endormir, sân*-dorr-meerr', to fall asleep; sécurité, sey-kü-ree-tey', security; secrètement, să-krait'-mân*', secretly; introduit, an*-tro-dü ee', introduced; palais, pâl-lay', palast; entrer, ân*-trey, to enter, to step in; doucement, dooss-mân*', softly; lamp de nuit, lâu*p-dă-nü ee', night-lamp; brûler, brü-ley', to burn; armé, arr-mey', armed; poignard, pon-yarr', dagger; lever, lă-vey', to lift up, to lift; bras, bra', arm; craquement, krack-mân*', crash; violent, vee o-lân*', violent; se fit entendre, să-fee-tân*-tân*'-dr, was heard; se réveiller, sŭ-rey-vel-yey', to wake up; se lever, să-l'vey', to rise; pistolet, pee-sto-lai', pistol; suspendu, sü-spân*'dü, suspended, hanging; muraille, mü-râl'', wall; coucher en joue, koo-shey-ân*-zhoo', to aim at; scélérat, sey-ley-râ', scoun-drel; peur, pörr, fear; demander grâce, d'mân*-dey-grâ'ss, to ask pardon; se con-stituer prisonnier, sŭ-kon*-stee-tü-ey'pree-zo-nee ey', to surrender one's self prisoner; complice, kon*-pleess', accomplice; produit, pro-dü ee', produced; bruit, brü ee', noise; coquille, ko-keel'', shell; parquet, pŭrr-kai', floor; marcher dessus, mârr-shey-d'sü', to step upon it; providence, pro-vee-dân*s, providence; malfaiteur, mâl-fai-törr', evil-doer; glaive, glaiv, sword.

75.

Agé, â-zhey', old; environ, an*-vee-ron*', about; cueillait, köl-yai' (kö-yai'), picked; fraise, frayz, strawberry; forêt, fo-ray', forest; chaleur, shâ-lörr', heat; étouffant, ey-too-fâu*', suffocating; moindre, moo an*'-dr, least; vent, vân*, wind; paille, pâl'', straw; suffisait, sü-fee-zai', sufficed; préserver, prey-zerr-vey', to preserve; to protect; rayon, rey'-yon*, ray; front, fron*, forehead, brow; sueur, sü-örr', perspiration; joue, zhoo, cheek; rouge, roozh, red; écarlate, ey-kârr-lât', scarlet, red; pourtant, poor-tân*', however; les yeux, lai-zee-ö', the eyes; retirer, ră-tee-rey', to obtain, to withdraw; soulagement, soo-lâzh-mân*', comfort, allevia-tion; se mit, să-mee', betook herself; rentrer chez elle, rân*-trey-shey-zell', to return home; panier, pân-ee ey', basket; plein, plan*, full; pleuvoir, plö-voo arr', to rain; tonnerre, ton-nairr', thunder; lointain, loo ân*-tan*', distant; à peine, â-pain', scarcely; pluie, plü ee, rain; redoubler, ră-doo-bley', to redouble; obscurcir, ob-skü'r-seer', to obscure; nuage, nü-âzh', cloud; menaçant, mă-nă-sân*', threaten-ing; éviter, ey-vee-tey', to avoid; soigneusement, soo ân-yö'z-mân*', carefully; elle se mit à l'abri, ell'-să-mee-tâ-lâ-bree', she took shelter; derrière, derr-ree-airr', behind; broussailles, broo-sâl'', bushes, copse; fin, fan*, end; orage, o-râzh', thun-derstorm; bosquet, boss-kai', grove, copse; plaintif, plan*-teef, plaintive; sem-blable, sân*-blâ'-bl, similar; compatissant, kon*-pâ-tee-sân*', compassionate; éclair, ey-klairr', flash of lightning; éclat de la foudre, ey-klâ-d'là-foo'-dr, thunderclap; empêcher, ân*-pay-shey', to prevent; s'avancer, sû-vân*-sey', to advance; étonnée, ey-ton-ney', astonished; agneau, ân-yo', lamb; mouillé, moo eel-yey' (moo ee-yey') wet; tremblant, trân*-blân*', trembling; froid, froo â', cold; ému, ey-mü', moved; périr, pey-reerr', to perish; emporter, ân*-porr-tey', to carry away; en effet, ân-nef-fai', indeed; s'en retourner, sân*-rŭ-toorn-ney', to return; passé, pâss-sey', to pass.

76.

S'écrier, sey-kree-ey', to exclaim; charmant, shâr-mân*', charming; se soulevant, să-sool-vân*', raising one's self up; appuyant, âp-pü ee-ân*', to lean; tête, tayt, head; la joie, là-zhoo'â, the joy; maître, may'-tr, master; s'égarer, sey-gâ-rey'. to stray, to go astray; sûrement, sü'rr-mân*', surely, certainly; métairie, mey-tai-ree', farm; va, vâ, go; autrui, o-trü ee', others; pas même, pâ-maym', not even; entendre, ân*-tân*'-dr, to understand; interêts, an*-tey-ray', interest, advan-tage; maçon, mâ-son*', mason; réparer, rey-pâ-rey', to repair; mur, mü'rr, wall; conversation, kon*-verr-sâ-see on*', conversation; scrupuleux, skrü-pü-lö', scrupu-lous; se retourner, să-ră-toorr-ney', to turn round; effrayer, ef-frai-yey', to frigh-ten; ajouter, â-zhoo-tey', to add; sérieusement, sey-ree-ö'z-mân*', seriously; tuer, tŭ-ey′, to-kill; partager, parr-tâ-zhey′, to divide, to share; chair, shair, meat, flesh; rôti, ro-tee′, roast meat, a roast; peau, po, skin, hide; vaudra, vo-drâ′, will be worth; sou, soo, cent; fermier, fer-mee-ey′, farmer; mouton, moo-ton⁴′, sheep; qu'importe, kanᵗ-porrt′, what does it matter; craindre, kranᵗ′-dr, ʾto fear; se fier, sŭ·fee̟ey′, to trust; mot, mo, word; truelle, trü-ell′, trowel; mortier, morr-tee̟ey′, mortar; avoir heureur, â-voo̟ûrr′ ö-rörr′, to abhor, to be terrified; discours, de-skoorr′, speech; parut, pâ-rü′, appeared; abominable, âb-bo-mee-nâ′-bl, abominable; tôt, to, soon; garder, gârr-dey′, to keep; verser, verr-sey′, to shed; larme, lârrm′, tear.

77.

Envelopper, ânᵗ-vŭ-lop-pey′, to envelop; tablier, tâ-blee-ey′, apron; plût, plü, rained; se coucher, sŭ-koo-shey′, to set, to go to bed; arrivée, ârr-ree-vey′, arrival; sur sa porte, sü'rr-sâ-porrt′, at the door; entourer, ânᵗ-too-rey′, to surround; arc-en-ciel, arrk-ânᵗ-see̟ell′, rain-bow; briller, breel-yey, to shine; bénir, bey-neer′, to bless; auteur, o-törr′, author, creator; rappelle, râp-pell′, to remind; amour, â-moor′, love; dont, donᵗ, of which, whose; tantôt, tânᵗ-to′, sometimes; riant, ree-ânᵗ′, laughing; ferme, ferrm, farm; se dissiper, sŭ-de-see-pey′, to disappear, to vanish; tirer, tee-rey′, to draw; dessous, dŭ-soo′, underneath; poser, po-sey′, to place, to put; de ta part, dŭ-tâ-pârr′, on thy part; par le temps qu'il fait, parr-lŭ-tânᵗ-keel-fai′, in such weather; paysanne, pey̟ee-zânn′, a farmer's wife, peasant woman; vraiment, vrai-mân⁴′, truly, indeed; il faut que vous soyez, eel-fo-kŭ-voo-soo̟û-yey′, you must be; honnête, on-nayt′, honest; posséder, poss-sey-dey′, to possess; être de mauvaise foi, ay′-tr-dŭ-mo-vaiz-foo̟û′, to be dishonest; probité, pro-bee-tey′, probity, honesty; trésor, trey-zorr′, treasure; rendre, rân⁴′-dr, to make, to render; ravir, râ-veer′, to rob, to deprive of.

78.

Courut, koo-rü′, ran; écurie, ey-kü-ree′, stable; fit, fee, made, caused; sortir, sorr-teer′, to go out; brebis, brŭ-bee′, sheep; au devant, o-d'vûn⁴′, towards; bondir, bonᵗ-deer′, to skip, to bound; contempler, konᵗ-tânᵗ-pley′, to contemplate; délice, dey-leess′, delight; touchant, too-shân⁴′, touching, affecting, moving; spectacle, speck-tâ′-kl, sight; regret, rŭ-gray′, regret, sorrow; eh bien, ey-bee-an⁴′, well; puisque, pü̟eess′-kŭ, as, since; faire présent, fairr-prey-sân⁴′, to make a present; élever, eyl-vey′, to rear, to bring up; il ne pourrait, eel-nŭ-poor-rai′, it could not; quinzaine, kanᵗ-zainn′, about fourteen; nourrir, noo-reerr′, to feed, to support; herbe, errb′, grass; prendre soin, prân⁴′-dr soo̟anᵗ, to take care; frais, fray, cost, expense; tricoter, tree-ko-tey′, to knit; paître, pay′-tr, to pasture, to graze; ramasser, râ-mâss-sey′, to collect, to pick up; foin, foo̟anᵗ′, hay; hiver, ee-vairr′, winter; utilité, ü-tee-loe-tey′, usefulness, use; ménage, mey-nâzh, household; laine, lane, wool; favoriser, fâ-vo-ree-sey′, to favour; écuelle, ey-kü̟el′, porringer; oeuf, öff, egg, les oeufs, lay-sö′, eggs; feuille, föl′, leaf; vigne, veen′, vine; tiens, tee̟anᵗ′, hold, stop there; saluer, sâ-lü̟ey′, to salute, to greet, to give one's com pliments; guérisse, ghey-reess′, may cure.

79.

Transporté, trânᵗ-sporr-tey′, beside on's self; regagner, rŭ-gân-yey′, to reach again; chaumière, sho-mee-airr′, hut; traverser, trŭ-verr-sey′, to traverse, to cross; gaiement, gey-mân⁴′, gaily; vallée, vâl-ley′, valley; conduisait, konᵗ-dü̟ee-zai′,. conducted, led; éclaircir, ey-klairr-seer′, to light up, to illuminate; étoile, ey-too̟âll′, star; goutte, goot′, drop; brin, branᵗ, blade; parfum, pârr-fön⁴′, odor; s'exhaler, seg-zâ-ley′, to exhale, to spread; éprouver, ey-proo-vey′, to feel, to experience; inexprimable, ee-nex-pree-mâ′-ble, inexpressible; justement, zhü'st′-mân⁴′, exactly; sans cesse, sûnᵗ-sess′, unceasingly; intérieurement, anᵗ-tey-ree-örr-mân⁴′, internally; voix, voo̟û′, voice; nous ne manquerons jamais, noo-nŭ-mânᵗ-kron⁴′ zhâ-may′, we shall never be without; recueillir, rŭ-köl-year′, to gather, to receive; il lui tardait, eel-lü̟ee′ tärr-dai′, she longed; revoir, rŭ-voo̟arr′, to see again; compter, kon⁵-tey′, to count; impatience, an⁵-pâ-see-ân⁵s′, impatience; lune, lü n, moon; déclin, dey-klan⁵′, decline; promesse, pro-mess′, promise; reverrai, rŭ-verr-rey′, shall see again.

80.

Corbeille, korr-bcl′′, basket; sauter, so-tey′, to leap, to spring; genou, zhă-noo′, knee; tendre, tân⁵′-dr, affectionate, delicate, tender; grandir, grân⁵-deer′, to grow; embellir, ân⁵-bel-leer,, to grow handsome; reconnaître, rŭ-kon-nay′-tr, to recognize; bouclé, boo-kley′, curly, curled; engager, ân⁵-gâ-zhey′, to induce; réussir, rey-ŭ-seer′, to succeed, to grow, to get along; ensuite, ân⁵-sü⸺eet′, afterwards; rendre, la pareille, rân⁵′-dr lâ-pâ-rel′′, to return the compliment, to be grateful; causer, ko-sey′, to cause; mener, mă-ney′, to lead, to take; tenait, tŭ-nai′, adjoined, was adjoining to; familier, fâ-mee-lee-ey′, tame, free; suivait, sü⸺ee-vai′, followed; partout, parr-too′, every where; gentil, zhân⁵-tee′, pretty, sweet; témoin, tey-moo⸺an⁵′, witness; naïf, nâ⸺eef′, ingenuous; n'est-ce pas, nayss-pâ′, is it not true; tu te repens, tü-tă-rŭ-pân⁵′, thou repentest; conceil, kon⁵-sel′, advice; tendresse, tân⁵-dress′, affection, tenderness.

81.

Extrêmement, ex-tray-mă-mân⁵′, extremely; esprit, ess-pree′, mind, intelligence; épargncr, ey-parrn-yey′, to save; le cadet, lă-kâ-dai′, the youngest; surtout, sü'rr-too′, particularly; se faisait admirer, sŭ-fă-sai′-tâd-mee-rey′, attracted admiration; l'aîné, lay-ney′, the eldest; orgueil, or-ghöl′′, pride; comédie, ko-mey-dee′, theatre, comedy; se moquer, sŭ-mo-key′,* to make fun of; comme, komm′, as, since; gros, gro, great, large; en mariage, ân⁵-mâ-ree-âzh′, in mariage; se marier, sŭ-mâ-ree-ey′, to marry, to get married; à moins que, û moo⸺an⁵′ kă, unless; duc, dü'k, duke; tout au moins, too-toe-moo⸺an⁵′, at least; honnêtement, on-nait′-mân⁵′, politely; épouser, ey-poo-zey′, to marry; souhaiter, soo-hai-tey′, to wish, to desire; tenir compagnie, tŭ-neer′ kon⁵-pân-yee′, to keep company; tout d'un coup, too-dön⁵-koo, suddenly; amant, â-mân⁵′, lover; à cause, û-ko'z′, on account of; fierté, fec⸺nirr-tey′, pride, haughtiness; plaigne, plen′, pities; aise, aiz, glad; abaissé, â-bai-scy′, lowered; gentilhomme, zhân⁵-tee-omm′, nobleman, gentleman; se résoudre, sŭ-rey-soo′-dr, to resolve, to determine; abandonner, â-bân⁵-don-ney′, to abandon; aider, ai-dey′, to help; affligé, af-flee-zhey′, afflicted, sad; dabord, dâ-borr′, first, in the beginning; tâcher, tâ′-shey, to try, to endeavour; labourer, lâ-boo-rey′, to cultivate; se dépêcher, sŭ dey-pay-shey′, to hasten; nettoyer, net-too⸺û-yey′, to clean; apprêter, â-pray-tey′, to prepare, to dress; au bout, o-boo′, at the end; fatigue, fâ-teeg′, fatigue; parfait, pârr-fai′, perfect; ouvrage, oo-vrâzh′, work; clavecin, klâ'v-san⁵, harpsichord; ou bien, oo-be⸺an⁵′, or perhaps; filer, fee-ley′, to spin; s'ennuyer, sân-nü⸺ee-yey′, to have ennui; regretter, rŭ-gret-tey′, to regret; bas, bâ, low; stupide, stü-peed′, stupid; se contenter, sŭ-kon⁵-tân⁵-tey′, to be satisfied, contented; propre, prop′-pr, adapted, fit; insulter, an⁵-sül-tey′, to insult.

82.

Marquer, mârr-κey′*, to announce; faillit tourner, fâl-yee′ toor-ney′, had nearly turned; campagne, kăm-pân′′, country, country house; robe, rob, dress; palatine, pâ-lâ-teen′, frill, cape; coiffure, koo⸺âf-fü′rr′, hat, head-dress; bagatelle, bâ-gâ-tell′, trifling thing; suffire, sü-feer′, to suffice; se soucier, sŭ-soo-see⸺ey′, to care for; condamner, kon⁵-dâ-ney′, to condemn; exemple, eg-zân⁵′-pl, the example; conduite, kon⁵-dü⸺eet′, conduct; distinguer, dee-stan⁵-ghey′, to distinguish; procès, pro-say′, process, lawsuit; auparavant, o-pâ-rŭ-vân⁵′, first, before; mille, meal, mile; neiger, nai-zhey′, to snow; horriblement, hor-ree-bl-mân⁵′, horribly; à bas, â-bâ′, down from; la nuit étant venue, lâ-nü⸺ee-ey-tûn⁵-vă-nü′, night having come; mourir de faim, moo-reerd-fân⁵′, to die with hunger; loup, loo, wolf; hurler, hûrr-ley′, to howl; autour de, o-toor-dă, around; bout, boo, end; allée d'arbres, âl-ley-dârr′-br, avenue of trees; éloigné, ey-loo⸺ân-yey′, distant; marcher de ce côté là,

---

* pron. like ey in obey

mârr-shey-dĭ-sä-ko-tey-lâ, to walk that way; illuminé, ee-lü-mee-ney', illuminated; surpris, sü'rr-pree', surprized; cour, koor, court yard; avoine, â-voo_ûnn', oats; attacher, ât-tû-shey', to tie up; chargé, shârr-zhey', loaden; viandes, vee-âṇ'd', meats; couvert, koo-vairr', cover, plate; neige, naizh, snow; mouiller, mool-yey', to wet; os, o, bone; sécher, sey-shey', to dry; liberté, lee-berr-tay', freedom, liberty; doute, doo't', doubt; sonner, son-ney', to strike; résister, rey-siss-tey', to resist; poulet, poo-lai', chicken; coups de vin, koo-dă-van', glass of wine; hardi, hûrr-dee', bold; magnifiquement, mân-ye-feek-mân'', magnificently; meubler, mö-bley', to furnish; à la fin, â-lâ-fan', at the end, finally; prendre le parti, prân''-dr lŭ-parr'-tee, to determine; fermer, ferr-mey', to shut, to close.

83.

Lendemain, lân'-dă-man'', next day; propre, prop'-pr, clean, neat; assurément, âss-sü-rey-mân'', assuredly; fée, fey, fairy; berceau, berr-so', bower; enchanter, ân'-shân'-tey', to enchant; vue, vü, sight, eye; souper, soo-pey', to sup; veille, vel', the eve, day before; tout haut, too-ho', quite loud; dejeûner, dey-zhö-ney, breakfast; passer, pâss-sey', to pass; branche, brân'sh, branch; prêt, pray, near; s'évanouir, sey-vă-noo_eer', to faint; en vous recevant, ân'-voo-rŭ-sŭ-vân'', in receiving you; voler, vo-ley', to steal; réparer, rey-pâ-rey', to repair, to make up for; faute, fo't', fault; joindre, zhoo_an''-dr, to join, to fold; monseigneur, mon'-senn-yör', my Lord; offenser, of-fân''-sey', to offend; monstre, mon''-str, monster; toucher, too-zhey', to touch, to move; flatterie, flâ-tŭ-ree', flattery; à condition, û-kon'-dee-see-on'', on condition; volontairement, vo-lon''-tairr-mân'', voluntarily; raisonner, rai-zon-ney', to argue; dessein, dess-san'', design; sacrifier, sâ-kree-fee-ey', to sacrifice; vilain, vee-lan'', ugly; du moins, dü-moo_an'', at least; embrasser, ân'-brâs-sey', to embrace; que tu t'en ailles, kĭ-tü-tân-nâl', that thou goest away; vide, veed', empty; retourner, rŭ-toor-ney', to return; s'il faut que je meure, seel-fo-kŭ-zhĭ-mö'rr', if I must die.

84.

Coucher, koo-shey', to sleep; quantité, kân'-tee-tey', quantity; pièce, pee_aiss', piece; reprendre, rŭ-prân''-dr, to take back; retrouver, rŭ-troo-vey', to find again; tristesse, tre-stess', sadness; égal, ey-gâl', equal; se rassembler, sâ-râss-sân'-bley', to assemble; sensible, sân'-see'-bl, sensible; tout de suite, toot-sü_eet', immediately; funeste, fü-nest', fatal; aventure, â-vân'-tü'rr', adventure; récit, rey-see', tale, relation; jeter de grand cris, zhă-tey' dă-grân'-kree', to utter loud cries, to cry aloud; produire, pro-dü_eerr', to produce; créature, krey-â-tü'rr', creature; ajustement, â-zhü'st'-mân'', dress; causer, ko-zey', to cause; périr, pey-reer', to perish; accepter, âck-sep-tey', to accept; furie, fü-ree', fury; prouver, proo-vey', to prove; coup, koo, blow; puissance, pü_ee-sân's', power, strength, might; espérance, ess-pey-rân's', hope; charmé, sharr'-mey, charmed, delighted; mort, morr, death; perte, perrt', loss; avoir beau dire, av-oo_arr-bo-deer', to talk in vain, to have easy talking; absolument, âb-so-lü-mân'', absolutely; inspirer, an'-spee-rey' to inspire; jalousie, zhâ-loo-see', jealousy, envy.

85.

S'enfermer, sân'-ferr-mey', to lock one's self in; étonné, ey-ton-ney', astonished; résolut, rey-so-lü, determined; secret, sŭ-krai', secret; apprit, âp-pree', communicated; absence, âb-sân's', absence; marier, mâ-ree-ey', to marry, to give in marriage; frotter, frot'-tey, to rub; oignon, on-yon'', onion; tout de bon, too-dă-bon'', in earnest; augmenter, o'g-mân'-tey', to augment, to increase; servi, serr-vee', laid; s'efforcer, sef-forr-sey', to exert one's self; paraître, pâ-ray'-tr, to appear; tranquille, trân'-keel', quiet; engraisser, ân'-grai-sey', to fatten; faire bonne chère, fairr-bonn'-share', to feast, to live well; ne put s'empêcher, nŭ-pü-sân'-pay-shey', could not prevent himself; frémir, frey-meer', to shudder; figure, fee-gü'rr', form, figure, face; se rassurer, sŭ-râs-sü-rey', to compose one's self; de son mieux, dă-son'-me_ö', as well as she could; que oui, kŭ-oo_ee', yes; obligé, o-blee-zhey', obliged; s'aviser, sâ-vee-zey', to take it into one's head; à demi mort, â-dǎ-mee-morr', half dead; frayeur, frai-yörr', terror, fright; fermeté, ferrm-tey', firmness; sommeil, so-mel'', sleep; songe, son'zh, dream; séparer, sey-pâ-rey', to separate.

86.

Chagriner, shâ-gree-ney', to grieve; fermement, ferr-mǎ-mân'', firmly; en attendant, ân-nât-tân'-dân'', in the mean while; visiter, vee-zee-tey', to visit; avec précipitation, â-veck' prey-see-pee-tâ-see_on'', hastily; éblouir, ey-bloo-eer', to dazzle; magnificence, mân-yee-fee-sân's', splendor; régner, ren-yey', to reign; frapper la vue, frâp-pey' lâ-vü', to strike the eye; tout bas, too-bâ', quite low; ranimer, râ-nee-mey', to reanimate; soupirer, soo-pee-rey', to sigh; surprise, sü'r-preez', surprise, astonishment; miroir, mee-roo_arr', looking-glass; visage, vee-zâzh', face; malgré, mâll-grey', notwithstanding; grimaces, gree-mâss', grimaces, ugly faces; disparaître, dee-spâ-ray'-tr, to disappear; complaisant, kon'-plai-zân'', kind, obliging; mis, mee, laid, put; tout de suite, toot-sü_eet', immediately; laid, lai, ugly; outre, oo'-tr, besides; 'chagrin, shâ-grin', grief; oh dame, o dâ'm, ay indeed; corrompu, kor-rom-pü', corrupted, spoiled.

87.

Manquer mourir, mân'-key-moo-reer', to be near dying, to die almost; colère, ko-lair', anger; sifflement, see-fl-mân'', whistling noise; retentir, rǎ-tân'-teer', to resound; dommage, do-mâzh', pity, dammage; passer, pâss-sey', to spend; tranquillité, trân'-kee-lee-tey', quietness, tranquillity; rendre visite, rân'-dr vee-zeet', to pay a visit; entretenir, ân'-trǎ-t'neer', to entertain; avec assez de bon sens, â-veck' â-sed' bon'-sân'', pretty sensibly; esprit, ess-pree', wit, découvrir, dey-koo-vreerr', to discover; habitude, â-bee-tü'd', habit; laideur, lai-dörr', ugliness; manquer, mân'-key' *, to miss, to fail; rester, ress-tey', to remain, to stay; permettre, perr-met'-tr, to permit, to allow; rougir, roo-zheerr', to blush, to color; châgrin, shâ-grin'', grief; tout à fait, too-tâ-fai', entirely; envie, ân'-vee', inclination, wish, mind; j'enverrai, zhân'-verr-rey', I shall send; armée, ârr-mey', army; promesse, pro-mess', promise; bague, bâ'g', ring; selon, sǎ-lon'', according to; coutume, koo-tü'm', custom.

88.

Se reveiller, sǎ-rǎ-vel-yey', to awake; sonner, son-ney', to ring; clochette, klosh-shett', the bell; accourir, âk-koo-reer', to hasten up; transport, trân'-sporr', delight; garni, gârr-nee', set, ornamented; serrer, ser-rey', to put away; pro-noncer, pro-non'-sey', to pronounce; s'habiller, sâ-beel-yey', to dress; on fit avertir, on'-fee-tâ-verr-teerr', they send word; étouffer, ey-too-fey', to choke, to stifle; conter, kon'-tey', to relate; tout à leur aise, too-tâ-lörr-aiz', without interruption; il me vient-une pensé, eel-mǎ-vee_an'-tü'n-pân'-sey', an idea strikes me; arrêter, ârr-ray-tey', to stop, to retain; sot, so, sotte, sott', stupid; se mettre en colère, sǎ-met-tr-ân'-ko-lairr', to get angry; manquer de parole, mân'-key-dǎ-pâ-roll', to break one's promise; résolution, rey-zo-lü-see_on'', determination; remonter, rǎ-mon'-tey', to go up again; s'arracher, sârr-râsh-shey', to tear out; faire les affliger, fairr-lay-zâf-flee-zhey', to play the sorrowful; départ, dey-pârr', departure.

89.

Se reprocher, sǎ-rǎ-prosh-shey', to reproach one's self; rêver, ray-vey', to dream, to think, to ponder; couché, koo-shey', lying; ingratitude, an'-grâ-tee-tü'd', ingratitude; en sursaut, ân'-sü'r-so', suddenly; complaisance, kon'-plai-zân's', kindness, complacency; faute, fo't', fault; reste, rest', remainder; beauté, bo-tey', beauty; mari, mâ-ree', husband; qualité, kâ-lee-tey', quality; estime, ess-teem', esteem; alors, â-lorr', then, now; horloge, orr-lo'zh', clock; désespoir, dey-zess-poo_arr', dispair; rêve, rayv', dream; étendu, ey-tân'-dü', stretched out; sans connaissance, sân'-kon-nai-sân's', insensible; faire resoudre, fairr-râ-zoo'-dr, to induce; je meurs,

---

* "ey" as in "obey."

zhă-mörr', I die; époux, ey-poo', husband; feu d'artifice, fö-dărr-tee-feess', fire-
works; fête, fayt, feast, festival; arrêter la vue, ârr-ray-tey-lâ-vü', to attract the
eye; enchantement, ân˝-shân˝t'-mân˝', enchantment; condamner, kon˝-dâ-ney', to
condemn; couronne, koo-ronn', crown; s'acquitter, sŭ-kee-tey', to acquit one's
self, to repay.

90.

Relever, râ-l'vey', to lift up; apparaître, â-pâ-ray'-tr, to appear; choix, shoo â',
choice; trône, tro'n', throne; détruire, dey-trü eerr', to destroy; pour vous, poorr-
voo', as for you; renferme, rân˝-ferrm', contains; conserver, kon˝-serr-vey', to
preserve; raison, rai-son˝', reason, sense; pierre, pee-airr', stone; peine, pain',
punishment, fine; état, ey-tâ', state; gourmandise, goor-mân˝-deess', gluttony;
paresse, pâ-ress', idleness; espèce, ess-paiss', kind; envieux, ân˝-vee-ö', envious:
coup, koo, blow; baguette, bâ-ghet', wand; royaume, roo â-yo'm', kingdom; sujet,
sü-zhai', subject; vécut, vey-kü', lived; fonder, fon˝-dey', to found.

91.

Se marier, sŭ-mâ-ree-ey', to get married; épouser, ey-poo-zey', to marry, take
for a wife (husband); qu'ils étaient, keel-zey-tay', that they were; auprès, o-pray',
near, at; s'entretenir, sân˝-trâ-t'neerr', to converse; si j'étais la maîtresse d'avoir,
see-zhey-tay-lâ-mai-tress' dâ-voo arr', if I could have; accorder, âk-kor-dey', to
grant; prenez-y garde, prŭ-ney-zee-gard', mind, take care; ayant disparu, ey-yân˝'/
deess-pâ-rü', having disappeared; être la maîtresse, ay/-tr-lâ-mai-tress', to have
to command, to be the mistress; de qualité, dŭ-kâ-lee-tey', of quality, noble; chagrin, shâ-grin˝', sulky, surly; en vérité, ân˝-vey-ree-tey', in truth; don, don˝, gift;
examiner, eg-zâ-mee-ney', to examine; d'ici à demain matin, dee-see-â-d'man˝-mâ-
tan˝', from now until to-morrow morning; se chauffer, sŭ-sho-fey', to warm one's
self; pincettes, pan˝-sett', tongs; raccommoder le feu, râk-ko-mo-dey' lă-fö, to stir
the fire; un charbon bien allumé, ön˝-shârr-bon˝'/ be-en/-nâ-lü-mey', well lighted
coal; aune, own, ell (French measure); le boudin, lă-boo-dan˝'/, the sausage, pud-
ding; faire cuire, fairr-kü eerr', to cook, to fry; cheminée, shă-mee-ney', chimney;
peste soit de, pest'-soo â-dă, a plague upon; la gourmande, lâ-goorr-mân˝'d', the
glutton; ne voilà-t-il pas, nŭ-voo â-lâ-tee-pâ', is not that; au bout du nez, o-boo-
dü-ney', at the end of the nose; fou, foo, foolish; arracher, âr-râ-shey', to tear off;
jurer, zhü-rey', to swear; je vais, zhŭ-vay', I am going to; un étui, ün-ney-tü ee',
a case; gardez-vous-en bien, gârr-dey-voo-zân˝-bee-an˝'/, take care not; arrête,
âr-rayt', stop; tomber à terre, ton˝-bey â tairr', to fall to the ground; se moquer
de, sâ-mok-key-dŭ, to make fun off; gaiement, gai-mân˝'/, gaily, cheerfully; s'em-
barrasser, sân˝-bâr-râss-sey', to trouble one's self; avoir dessein, â-voo arr' dés-
san˝'/, to have the intention.